图书在版编目（CIP）数据

愿你温柔且坚，可攻亦可守 / 周冲著. -- 北京：北京联合出版公司, 2021.11
ISBN 978-7-5596-4290-5

Ⅰ.①愿… Ⅱ.①周… Ⅲ.①随笔－作品集－中国－当代 Ⅳ.①I267.1

中国版本图书馆CIP数据核字(2021)第203045号

愿你温柔且坚，可攻亦可守

作　　者：周　冲
出 品 人：赵红仕
责任编辑：管　文
策划编辑：洪紫玉　刘嘉兴
书籍设计：果　丹
版式设计：胡玉冰

北京联合出版公司出版
（北京市西城区德外大街83号楼9层　100088）
北京时代华语国际传媒股份有限公司发行
唐山富达印务有限公司印刷　新华书店经销
字数150千字　880毫米×1230毫米　1/32　8印张
2021年11月第1版　2021年11月第1次印刷
ISBN 978-7-5596-4290-5
定价：46.00元

版权所有，侵权必究
未经许可，不得以任何方式复制或抄袭本书部分或全部内容
本书若有质量问题，请与本公司图书销售中心联系调换。电话：010-63783806

再好吃的面
也不如见你一面

草在结它的种子
风在摇它的叶子
我们站着
不说话
就十分美好

你踏过之处

世界开始复苏

花开半夏
酒饮微醺

真正的宁静
并不是避开车马喧市
而是心灵修篱种菊

真正鲜活的人生
不是非得用「诗和远方」来堆砌
它既能囿于厨房，也在山川湖海
它既能在日常的琐碎里自在欢喜
也能在水泥森林中幽幽地开出花来

你呀你,别再关心灵魂了,那是神明的事
你所能做的,就是一些小事
诸如热爱时间、虚度黄昏
静悄悄地做人,像早晨一样清白

我载一段星河赠予你
好教你不逊色这人间烟火

自序 | 以食与爱煮一碗红尘,等你

    有一次,采访一个知名艺人,聊到亲密关系时,她说:"不敢轻易去爱。"

    她有钱,有耀眼的美貌,粉丝如云,但她怕,怕在爱里受伤,也怕人心难测,更怕所遇非人,于是战战兢兢,进一步退三步。

    她的恐惧不是个人的。这是我们共有的时代综合征,我们也是如此啊——在愤怒中无助,在不幸中彷徨,在失望中欲行又止,在伤害中自我戕害。

    我们没有安全感,充满怀疑,不太温柔,也不太自在,但我们都不是"坏人"。所有的坏脾气、坏习惯背后,都躲着一个"爱匮乏患者"。

    为了填补匮乏,才一直激烈地要——用破坏的方式去试探,用摧毁的方式去索取,以为张牙舞爪总能换来让步和包容,但谁会有永恒的温柔呢?都是人,都有弱点,有缺陷,

且一触即发。除了机器,没人能始终如一"零情绪"。当积怨渐多,关系难免走向崩坏。你会发现,后来的后来,你们都变了,他变了,你也变了。试探关系是否稳固的结果,多为验证关系易碎。

于是,故事的开始是不期而遇,满城花开;故事的结局是曲终人散,天各一方。长夜里,许多人思及往事时泪水长流,可是,物是人非,"我们回不去了"。

因为种种原因,人间团圆少离散多,多数感情都不得善终,这是事实。也因此,太多人恐恋、恐婚。我们以社恐之名,不交友;以恋爱太累、"渣男""渣女"太多为由,不连接;以穷为借口,不结婚……这些"恐"字后面,其实都是无心和无能——无心去结交,无能去解决,为避免伤害而关闭心门。

但我们要明白:相信美好与勇敢的人,才更接近幸福。

说到底,人来到世界上,不就是为了"爱""美""烟火气"辗转而来,以一己肉身感受山川草木,感受悲欢交集的吗?不就是为了以一生岁月,去相信,去遇见,令这空白光阴有了色、香、味、声、热,成为存在本身的吗?

我们不是为恐惧而来，我们是为爱而来；我们不为怀疑、伤害、自闭、瑟缩、忧虑、攻击、愤怒、中伤、自毁、毁人而来，我们为与他人连接而来。所以，少一点自我困顿，多一些"打开"，少一点怕，多一点信。

也正因如此，我想为所有孤独的人们，写一些文字，告诉大家，人间有苦楚，但人间也有糖。

至于以"烟火"作为主题，是因为人生每一个节点，重要的、不那么重要的都与食有关——相逢时吃饭，热恋时做饭，临行时饯别。岁月如大水，食物就是长河中的跳石，一碗一碗地，将你渡过去。杯盘钵碗里盛着的，都是人间味，油盐酱醋里寄托的，都是世间光阴。

所以，我想借由燎烈的、本真的食物，讲述千千万万饮食男女的故事，讲他们的等待、追忆、懊悔、爱而不得，以及失而复得。

我也希望在这本书的热腾腾的烟火中，大家能体会到人间本味。希望在无人相伴的长夜里，你依然坚信人间依然有很多理由，值得再熬一熬，等一等。请相信，人间有爱，也请相信，人间值得。

目录

| 辑壹 | 情动，不过一碗盛夏梅子汤

你是年少的喜欢 …………………………… 002
一口饭，两个人，烟火余生 …………… 020
我和世界和解了 ………………………… 036

| 辑贰 | 人间烟火气，最抚凡人心

总要允许有人错过你，才能赶上最好的 … 058
一起吃晚饭，好吗? ……………………… 070
一城烟火外，也有良人来 ……………… 076
不如我们从头来过 ……………………… 098

CONTENTS

辑叁 | **有人问你粥可温，有人为你立黄昏**

中年人的情事，与食有关，与欲无染 …… **126**
余生一起吃饭吧 …………………………… **140**
很庆幸，我爱你 …………………………… **155**
智者不入爱河，遇你难做智者 …………… **170**

辑肆 | **四方食事，不过一碗人间烟火**

我爱你，像风走了八万里 ………………… **190**
人间味 ……………………………………… **204**
家人闲坐，灯火尤可亲 …………………… **213**
当你穿过人间风雪 ………………………… **224**
慢煮生活，岁月深深 ……………………… **231**

岁月如大水,食物就是长河中的跳石,一碗一碗地,将你渡过去。

杯盘钵碗里盛着的,都是人间味。

油盐酱醋里,寄托的,都是世间光阴。

SHIWU / SHENGHUO

辑壹

一情动,不过一碗盛夏梅子汤一

你是年少的喜欢

1/

她也不知道自己为什么会喜欢他,只知道有一天做梦,毫无预兆地他就出现了。

他依然是那个模样——穿着垮塌的白球服,额发长长的,滴着汗水,右手捞一个篮球,一边走,一边扭转手腕往下一摁,偶尔旋上一圈……醒来以后,她再没睡着。

那一年,她15岁,念高一。她当然不好看,除了功课好,其他不值一提。因为家里穷,她一直很卑怯,朋友也少,但心事来得匆匆,它不由分说,将她推入黑甜之境。

宋其,那个总是像比萨斜塔一样歪立着的少年,那个在篮球场赚尽关注的少年,那个从教室后门猫着腰溜到自己座位上的少年,那个喜欢吃煮河粉的少年……他就像一小簇磷火,在暗夜的某个地方熊熊燃着。

她忽然觉得,这个夜晚之前和之后的时间全都失去意义。

2/

那时候,宋其坐在她后桌,爱用笔戳她:"陈思予,你看这题怎么做？"

她瞟了一下，接着白了他一眼："这也不会，你是猪啊？"

这是他们之间难得的交流。

她被他称为"灭绝师太"，说她生性狠辣，无情无义。她当然不是这样的人，只是，少年需要一点武装来遮住呼之欲出的心事。这也像一种召唤，召唤他来与她对呛几句，哪怕激烈也有连接，胜过什么都没发生。

那段时间，她开始学跑步，同学惊讶："陈思予，你为什么忽然晨跑？"

为什么呢？原因只因为一个宋其。宋其爱运动，每天都会晨跑。哪怕冬天下雪时，也要在校园里踩出第一圈脚印。她要想尽办法出现在他面前，要他看她一眼，只一眼就能抚慰那些年少的不安。

跑了两圈后，太阳出来了，校园染上蜜一般的光晕。空气柔软，花朵燎烈，植株直向天空蹿，绿得不可收拾。她站在夹竹桃下喘着气。而不远处，宋其正抱着球径直走到篮架下，运球、传球、三步上篮。

她走过去，心惊胆战地叫他："宋其！"

他回过头，额前头发正滴着汗水，和她梦里一模一样："有事吗？"他一边运着球，一边漫不经心地回应。

她说："没事，就是来看打球。"

他笑笑，转过身，继续腾挪，跳跃，再没有回应。

她顽强地站了一会儿。1分钟过去了，2分钟过去了，5分钟过去了，10分钟……还是没等到他回头。

她终于灰了心，转身离开。

3/

陈思予明白,某些情感一开始就注定是单向线的。

宋其从没回应她以想象的热情。他是那么耀眼。在学校的每场篮球赛上,他就是明星,他长臂如猿,奔跑起来如风如电,跳跃能力同样惊人,扣篮时能引得所有女生尖叫。他是篮球队前锋,也是足球队前锋。运动会上的接力赛跑,他不是第一棒,就是最后一棒。他会打扮,家境好,人也幽默,一说话总能引起笑声。除了成绩差,简直完美。可也正因为成绩差,更加吸引人。

在陈思予的高中,举目四望,都是死磕书本的人。包括陈思予本人,她在念书上也是又轴又倔,每天做题到很晚,因为要争第一。而宋其,他的吊儿郎当不由分说地吸引着她。

他骑着单车,在校园的长坡上,双手撒开车把,白色衬衣敞开,如白色飞鸟一掠而过。到了男生宿舍楼下,一脚点地,高声唤楼上人。过了一会儿,几个人打着尖厉的呼哨下来了,在暮色里骑着单车,飞快地离开。

他们午夜方才折回来,一路扬着歌,剧烈的、嚣张的荷尔蒙到处流淌的歌声——"我曾经问个不休,你何时跟我走,可你却总是笑我,一无所有……"

一生再没听过这样的声音,那样无畏而璀璨,像将余生的其他日子,映衬得如同荒漠。

这可是杀红了眼睛的高中,这样逍遥,这样"混",在老师眼中,太过不懂事。可在她眼中,这是多么奢侈豪爽的举动呀!

那时候,半个班的女生都在暗恋他。别的班、别的年级据说也有,只是她不知道。

陈思予呢,太平凡了,平凡得如一支粉笔,留下的痕迹轻轻一抹就能消失。她生得不美,她黑、矮、瘦。因家贫,气质里有哆哆嗦嗦的慌张感,一遇不安就会退却。与别的女孩相比,她实在乏善可陈。可是,她耽溺于这个独角戏,不由自主。

她看过太多故事。所有感人的情节里,都含有牺牲的成分。她也愿意,愿意等,愿意为宋其张望、痛苦,哪怕没有结局。

宋其来了吗?宋其走了吗?宋其在干什么?宋其啊宋其……往后的时光里,她化身为勤奋的雷达全力搜寻他的身影,无论是课堂、课间或周末,还是在教室、操场或食堂,只要他不在,她的心便空虚了,好像有一个巨大的、无底的罅隙,一直伸到虚空深处。

风来风往,寂静荒凉。倘若他在,目之所及的一切,又有了流光溢彩的意思。

4/

有一回晚自习,英语老师坐在讲台上改着作业。

教室里一片肃静,宋其忽然站起身,走到讲台,拿起一根粉笔,在黑板上写下了四个大字:我爱思考。

满教室一片哗然。

英语老师上了年纪,她气得嘴唇发抖,把他叫到办公室,叫上众位老师,盘点了宋其所有的陈年旧事。大家围训了他3小时30分56秒;另外罚抄课文50遍;外加早操时在主席台上向老师公开道歉等。

后来大家才明白,这是宋其和另一个男生的赌约:如果宋其敢到黑板上去写"我爱××",那个男生就帮他打一周的饭。反之亦然。

宋其去了。但他给这句暧昧的、惹人浮想联翩的话,加了一个端庄的宾语:思考。

尽管知道真相,陈思予还是止不住翻腾:这一定是宋其的一种暗示!他说爱思考,而自己叫思予,都是思,所以,他可能是借机表达对自己的爱慕。但一转念,她又嘲笑自己的多情:你真是傻透了,宋其性格这么直,才不会做这么迂回曲折的事。

那时候,5月的玉兰花已经开了,形如大碗般的花朵映着天上流云,有鸽子低低飞过,霞光万里,长风像耳语一样撩人。

她洗过澡,散着长发,换上白裙,抱着书从操场旁边经过。一个球滚过来,有人扬着声音叫她:"嗨,把球踢过来!"

她抬起头,看见宋其正站在球场中央,像白桦树一样卓尔不群,斜阳从他的白衬衣上滑下来。她想:天底下最美的少年,应该就是这个样子了吧。

"嗨,别发呆呀,把球踢过来!"宋其又喊。

她小跑靠近那个球,用她所能做到的最好看的姿势,抬起脚,把球踢了回去。球在空中划出一个橙色的弧,落在篮架下。宋其仰起下巴,吹了一声长长的口哨。

后来,为了等待下一个突如其来的篮球、下一声悠长清脆的口哨,她变成守株待兔的"农夫",带着一本书,终日坐在球场旁边的双杠上,一边晃着腿,一边含着话梅,间或从书页间抬起眼睛,偷窥宋其在球场上的模样。然而,书读了一本又一本,话梅吃了一包又一包,捡球的事情却再也没有发生过。

周末的时候,她上街买日用品,满街熙攘,人群像鱼一样游过她的身边。她买了一碗红豆冰,坐在广场中央默默地吃,不远处有一个音像店在放着歌,一个乐队的主唱说:"最后一首歌,献给所有悲伤的孩子……"

那时,天是阴的。有风把布幔子、柳树条、行人的衣袂裙裾吹起来。她忽然泪流满面,长发在脸上结成潮湿的一团。说到底,她是一个羞怯的孩子,她没有勇气去问他:"宋其,你是不是也喜欢我?"

每当她鼓起勇气站在他面前时,就像忽然得了失语症,什么话也说不了,只是把头深深地低下去,低下去……

她只有用别的方式来验证——摘一朵野菊花,暗暗设定规则:如果花瓣是单数,就表示宋其也喜欢她;如果是偶数,就表示不喜欢,然后心惊胆战地撕。撕到最后,要么心情飘到云端,要么跌到谷底。她还玩过许多类似的游戏。上课铃响之后,老师还没来,她就对自己说:如果今天老师左脚先进门,就表示宋其喜欢她;如果右脚先进门,就表示不喜欢。入睡前又冒出一个新念头:如果明天食堂的饭菜里没虫子,就表示宋其喜欢她;如果有虫子,就表示不喜欢。她把这个游戏和自己玩了一遍又一遍,所有的一切,都是她的秘密。

宋其,那个近在咫尺却远在天边的宋其,一直都在这个秘密之外,和这一切毫无关系。

从城市的中央广场回去以后,暮色已经降临了,一轮皓大的明月低悬着,光晕温存。教室里一个人都没有,她对着满地月光,点了红蜡烛,铺开信纸,写着一封封永远寄不出去的长信。

在信的末尾,她用红色圆珠笔画满了红心。

5/

一晃，暑假到来了。

考完最后一场试时，她赶回宿舍，发现到处是七零八落的行李，她忽然揪紧了心。两个月，两个月不能见到他。她该怎么熬过去？

在回家的日子里，她在无数个空隙里看见宋其。在英语单词里碰到宋其，几何里遇见宋其……窗外，石榴花沸腾地开，大树在田野上跑得披头散发，她走很长的路，去镇上的公用电话亭，向他问好。

打的是他家里的座机，号码熟记于心。有时候，他接了，无话可聊，只是说，你作业写得怎么样了？还有一个月开学呢，好无聊哦……

夏天的阳光撞在电话亭的玻璃门上，像爆米花一样炸开，噗噜噜滚滚而下。走回家的时候，深一脚，浅一脚，一抬头，暝色四合，太阳在枞树林的边缘落了下去。

返校后，她发现班里流行起一种随身听，迷你型，用电池的，可以播放卡带，也可以录音，虽然效果有点糊。

她省了一个月的早餐钱买了一个随身听。在暗夜里，她用一个个的卡带，录下关于宋其的点点滴滴。她想，总有一天，宋其会看到她，会注意到她的存在，会知道她那么卑微又那么炽热地爱过他。

1998年3月21日，有风，春寒料峭

宋其，现在已经是第二节课了，数学老师在讲函数，我没有听。我把操场上每一个人都看过了,没有你。

天空忽然下雨了,你会和雨水一起来吗?

一个小时过去了,两个小时过去了,你还没有来。宋其,你是生病了吗?

1998年4月29日,夜越来越浓

校园静下来了,教室里空无一人,只有我。

我故意走得很晚,因为想完成一个想了很久的心愿:去坐一下你的座位。

我的位置到你的位置,只有几步之遥。但这几步真的走得漫长又艰辛,仿佛千山万水、沧海桑田都走尽了一样。

宋其,你一定不会知道,当我坐下去的时候,我并没有意料中的幸福和激动,我只是……只是不自觉地满脸泪水。

1998年5月3日,阴雨连绵,内心忧伤

今天,做什么事都无法凝神,你的身影纷至沓来,这让我很烦心。

谁能告诉我,该如何忘了你!

…………

那些年夏天很隆重,天空结着几团奶油冰激凌般的白云,蝉鸣激烈,蔷薇盛放,一切都美好得让人迷醉。

陈思予的青春就在这样的絮叨中,沉默又热闹地绽放着。她确信自己没有错过宋其的每一个重要细节。她像集邮那样收集着他的点点滴滴:她珍藏着他喝过的矿泉水瓶,借阅他看过的每一部小说，学习他爱唱的歌，她一日三餐都吃煮河粉，因为他爱吃……

她不管在哪儿，遇到"宋"字或者"其"字，都能怦然一惊，不自觉伸出手指在上面摩挲一会儿；她偷走他的作业本，用薄薄的纸覆着，描摹他的字迹……对了，她还喜欢模仿宋其的小动作，比如加速冲刺的时候，嘴巴高高地噘起，臂膀甩得飞快，又滑稽又迷人。

所有细节她都一一记录，藏在笔记本和录音带里。到毕业那天，她已经写完了5个笔记本，录好了28个卡带，塞了满满一抽屉。

6月16日，雨丝纷纷，像密集的水线，把天地都缝合了

宋其，你在做什么呢？

我刚读完《简·爱》，这真是一本好书，它让我想到我自己。

奇怪，今天晚上我忘记了悲伤，就像有些东西，把因为想你而空出的洞，默默地填上了……

9月16日，晴，夜晚有凉风

宋其，今天在学校后门的小巷里，我看到了你。

你站在树影里，倚着一辆自行车，路灯的灯光从稀疏的叶缝间洒下来，淋到你身上……你像个明星。

那时候，你在和别人说什么呢？那么尽情尽意的样子。我从你身边走开，你也没有注意。

宋其，倘若有一天我光彩照人，你会看到我吗？

6/

在那些艰涩的时光里,没有人教她,也没人鼓励她,她跌跌撞撞地长大,凡事凭本能去摸索,去成长,去学习。

后来,她不再买衣服,而是将生活费攒着去学舞蹈。

上课地点在舞蹈老师的家里。那是凤凰山脚下的一个院子,离学校有几公里远。她一个人走很远的路去跳舞,归来时也是一个人。山下一片疏朗的灯,灯很暗,将她的身影拉得又瘦又长。路边有一家饼店在卖桂花茶饼。她没钱,只能闻闻香。

有一天,舞蹈老师也返校,陪她一起走,说:"你是我见过的最拼的孩子。"

路过点心铺,见陈思予一直看着,老师便给她买了一包,说:"我请你吃。"

那一包茶饼一直香到今天。不知道为什么,她的潜能自此开启——她的舞蹈跳得越来越好,节奏准,有风情。

新年马上来了。学校例行开新年联欢会,校级的。她上报了一个古典舞独舞。定了之后,没日没夜地练,又向舞蹈老师借了舞服,准备正式上场。上场前,她化了妆,头发绾上去,簪了头饰,染了唇,整个人都发亮了。

候场的时候宋其也在。他盯着她的脸,起码3秒没离开。她的心突突地跳了起来。

1999年1月2日,天气多云,雪花纷飞

昨天晚上是学校的元旦晚会。我表演独舞。

在教室里等待演出的时候,我感觉到了你停留在我脸上的目光。你第一次看我那么久，1秒，2秒，3秒……我本想继续装作若无其事，但到底脸红了，于是抬起眼睛，然后，你像受惊的小动物一样逃窜。

宋其，你一定不会知道，那一刻对我来说，是多么幸福。仿佛有人对我说：陈思予，这个世界全是你的，全都是你的。

但之后，依然什么也没发生。宋其依然混，言行里也没有旁逸斜出的意思，陈思予却缓慢地变了。

她在晚会上一舞成名。此后又多次参加演讲和辩论，最后，学校里的联欢会、迎新会、诗词大赛，竟都交由她来主持。

她像某一种化学元素，看似不活跃，但只要某种催化剂一加入，就能发生剧烈反应，变成磁极。宋其，就是那个催化剂。

许多男孩开始打听她的名字和班级。有一天，宋其在门口叫："陈思予，有人找你。"

一看，是同年级的一个男生。她应声站起来，走出去。出去后，男生在走廊的另一端，僵僵地站着。

那是个寂静的夜晚，天上一片零碎的星，远处一片零碎的灯，穿堂风来来往往，教学楼像一个肺水肿病人。他们靠着栏杆，谁也不说话，谁也不动弹。

但那时候，少年们都太羞涩了，不谙情事，不懂如何表达，连寒暄都说不出口。他们杵在那里，不声，不响，不动弹。两个尴尬的人，不是欲语还休，也不是"嘘，你听，万物静默如谜"，只是掏空心窝子也无话可说。每一寸空气都在纠结。

陈思予心里想，这是什么事儿啊？不要再站在这儿了，不要再来了。果然后来什么也没有了，无疾而终。丢死人了……

次日，宋其走过来嬉皮笑脸地问："他找你有什么事？"

陈思予白了他一眼："关你什么事？"但心里是高兴的，他到底看见了，她也在他面前证明了，她不是黯淡的。

后来，学校组织去看《泰坦尼克号》。

宋其坐在她前面，板寸发型下发根根根分明。整个过程里，他一直"动荡"不安，一会儿朝左边看看，一会儿朝右边看看。

退场时已近黄昏。一簇一簇的人，挽着挤着，热烈地反刍剧情。一回头，在密密匝匝的人里，他的眼睛是闪烁的、欲语还休的，是一直锁在她身上的。那一瞬间，鼎沸人声，车水马龙，都和她再也没有关系。

一生遇过多少目光，唯有那一眼，令她至今想起依然心动。

再后来，他们依然没有故事。

高考将近了。她的生活里只是读书，只是考试。偶尔闲下来，就用幻想给平庸的生活做人工呼吸，让一花一树一晨一昏，都重新幽幽地闪烁。

有人给她写情书，她从未答应，有人请她去看电影，她也没去。

青春是不懂得将就的。必须要有一道闪电，"哐当"一下将她击中，早一秒不行，晚一秒不行，正好那时那地，看见那个人，"轰"的一声，完了。此后的岁月里都在甜蜜的后遗症中，将那一刻的晕眩拉得很长，无限长，这才配在一起。

这些年，她所有的努力只为一个人，所有的等待也只为一个人。从前的时候，她是一只蹑手蹑脚的猫。现在，她想像一只豹一样，优雅又强大地穿过生命最好的岁月，穿过宋其最柔软的情感。

1/

高考倒计时只剩个位数了。

女孩子都在写留言。她也买了软皮抄，扉页写着：歌本。

全班一个一个互相抄歌词。递给宋其时，她眼睛低着，但身上长了无数只眼睛："帮我抄首歌吧！"这句话，准备了几天，依然说得惊心动魄。

宋其接过去，随手扔在桌面上。他就这样的不当回事儿。

后来她差不多忘了这一茬儿，全副身心都被高考压着、挤着、推着。7月，兵荒马乱的日子，她像一个士兵马不停蹄，全力以赴。父母对她说，必须考上一本，否则家里不会出钱交学费。

不能怪他们。她是赤贫之家，家中还有几个孩子要念书。她如果没什么希望，就必须为弟弟妹妹让路。

填志愿时，她曾问过宋其："你填哪里的大学？"

宋其撇撇嘴："我瞎填的。"

她的心一沉，知道他的未来与她没有关系。之后，就是硝烟弥漫的高考。

多年以后，她几乎想不起来那几天是怎么扛过去的。昏昏然，懵懵然，像机器一样做题，像电脑一样计算，近乎机械。

走出考场的时候，她看了看天，天色一如以往，没有任何不同，风景依然，落日苍茫。她以为自己会欢呼雀跃，但没有。只是空，空荡荡的，怅然若失的，仿佛所有的意义已经抽光，剩下一个疲惫的皮囊，不知该何去何从。

回到宿舍，有些人开始撕书，白纸翻飞，满楼都是尖叫声，都是纸屑。她想回家，但当天已经没有返村的公共汽车，只有等明天早上回。

班长对剩下来的二十几号人说:"去野炊吧。"

学校附近的河滩上,夜幕四合,大家就着篝火唱歌,一首又一首的歌,唱得夏夜像黑巧克力一样融化……

许多男生开始表白,女生也是。

宋其不在。

陈思予做了一个决定——她要在毕业聚餐那天,给这3年的柔肠百结、欲语还休画一个句号。无论这个句号,是尘埃落定的泪点,还是云开见日的太阳,她都要告诉他,她一直都在喜欢他。她要交给他所有的日记、所有的卡带,告诉他自己曾为他做过那么多暗甜又绝望的事情。

她还想,如果可以,她要在他面前大哭一场,让他拭去脸上的泪,赎罪似的说:"别哭,以后有我在!"

但,陈思予没有等到那个时刻。

8/

1999年7月10日,天气晴

考完后,有人陆续离开,"再见"声不绝于耳。走的人和送的人,比赛似的流着泪。

宋其,我也很伤心,但不是因为离别。

昨天晚上的毕业聚餐上,大家都喝多了,我也是。我是故意的,我想利用酒意的怂恿去告诉你,我喜欢了你整整3年……

大家都舍不得睡觉,把草席铺在操场中央,准备彻夜长谈、喝酒、胡闹。满操场的哭声,满操场的笑声,满操场带着醉意的喊叫声、叹息声……

宋其，我到处找你，可你到哪里去了？

有人告诉我，你把自己和班花锁在教室，向她做最后的表白。

宋其，那天晚上月亮很大，灯火很悲伤，你看见了吗？

这是她最后一段录音。从这个夜晚开始，她对宋其二字不再抱有期待。剩下的，只有无声的遗憾。只是这遗憾，她永远不会再提及，也不想再弥补。

不久，她收到中山大学的录取通知书去了广州。宋其留在老家一个专科学校。其他人各行其路，奔赴未知的前方。

开学前夕，陈思予将所有日记和卡带收起来，用胶布缠着，关进一个酱色木箱，加了锁，箱子上用黑色碳素笔写着：青春。箱子关上的那一刻，她的高中时代便结束了。时代是那么缓慢，又是那么迅疾。

转眼间就是15年以后。15年之于漫长的时间长河，不过弹指一挥，但这一挥里，包含太多世事动荡，太多分合递嬗。据说，高中同学组织过几次聚会，规模不一，她都没去。据说，宋其毕业后，很快就工作、结婚、生子……据说……

她留在广州，进了一个著名的互联网公司。再然后，出国公干，结婚，在北美定居。先生是公司驻美的主管。他们都在异国公干，因公事相识。人在异国，是同胞，又是同事，男未婚，女未嫁，很快走到一起。他们在拉斯维加斯注册，然后在当地教堂举行了简单的仪式，打电话回国，告诉亲友，他们结了婚。

陈思予的父母喜不自禁。两个在底层打拼大半辈子的老人，从没想过孩子能走得那么远，站得那么高。这对他们而言是不可企及的梦,但醒来时,梦已成真。

半年后,陈思予和先生一起回国。她先在广州买了房,200多平方米,带装修,马上能交房。手续办妥后,她回老家,接父母入粤。

车子开了8小时,终于抵达村庄。

夜里,她睡在从前的房间,看着旧日的一切,闻着被褥上熟悉的气味,无法入眠。起身,在房间里看看这个,翻翻那个。又看见那只酱色木箱,一掀开,多年以前的旧事纷至沓来。仿佛有一只温暖的手,从过去的岁月里伸出来,在她心上摸了又摸。

她坐在往昔的雾气中百感交集。她到底,还是没等到他的答案,但回首这一切,不能说虚度,也不能说辜负。

她想到《小王子》里的那只狐狸。当小王子问它:"那你还是什么都没有得到吧?"狐狸说:"不,我还有麦田的颜色。"

9/

离开家乡前一天,她请几个留在老家的同学吃饭,饭局设在市中心的饭馆,她包了最大的包厢,里面灯光澄明,有茶室,也有饭堂。对面是曾经的高中,旁边有一泓湖水。

同学们陆续赶到。一见面,发现时光不饶人,大家都已经变了,当年的少年郎,个个成了庸常的中年客。

宋其最后一个到。推门进来时,她觉得呼吸都要停止了。他依然高而帅,穿白衬衫,竟没有发胖,言笑之间,率性依旧,但多了中年人的从容,他说:"我来晚了,错过什么重要环节没?"

她愣愣地看着他。这些年熙来攘往的时间,仿佛都不存在了。

她依然是那个卑怯的女孩,他依然长在她的眼睛里,心尖上。

那一顿饭,她吃得心不在焉。依稀记得有人敬了她很多酒,她笑着,一盏盏地喝,用仅剩的理智让自己不失控。

喝到中途,哀伤却越来越浓。有人聊到当年事,说宋其是球场明星。他笑,转而看着她:"你现在还会在球场边等人吗?"

她愣住,一种温柔而哀伤的东西兜头浇下来。这突如其来的一刹!这花落去燕归来又万念俱灰的一瞬!他记得她?原来他记得她!他记得那个在操场边怯怯遥望的女生。

她心里涌过震耳欲聋的大恸,像全部辛酸有了交代有了去处:"你知道?"她呆呆地看着他,他也看着她。

她的泪水开始漫延,她咬牙忍着不让它溢出,一旦溢出,便是场洪荒大水。

有人发觉出异样:"怎么,你们俩有名堂?"

他笑:"都结婚了,就不要乱说了。"

是的,他们已不在当年。他有妇,她有夫,哪怕再遗憾,也无法回头。她按捺住那些汹涌,继续觥筹交错,迎来送往。

席间,有人说:"青春时喜欢上一个人,就会为他发光。"听得她再次一惊。

她忽然觉得,青春不是一个名词,而是一个形容词。一生中最怀念的质地,最干净的情感,最柔软最执拗,最悲伤的状态,最欲语还休的那个人,都被它温柔地定义,然后,贮存在生命词库里,用以修饰自己的余生。

散场后,他逮了个空,走过来,递给她一个东西,说:"给你,虽然晚了15年。"

她一低头,竟是那个歌本,她曾经请他抄歌词的。她接过来,然后一个人走回酒店。经过湖边时,满湖霓虹,被风一吹就碎了。

远处的高中教学楼里灯火通明,无数的暗恋、追梦、拼搏,无数的陈思予和宋其,依然在那里发生新的故事。

她就着路灯,打开旧本子。最末一页,当年的宋其用黑色圆珠笔,郑重地为她抄了一首《归去来》。

第一句是:这次是我真的决定离开。

最后一句,他改成了:希望你远离寂寞自由自在。

电话此时响了,是他,他问:"你还好吗?"

"没事。谢谢你。"

她本来想问:"你喜欢过我吗?"终于也没有问出口,答案已经不再重要了。

她想过的,在那场时光中,出现的是宋其也好,赵其、陈其、王其也罢,爱都会借机发生。因为她需要,需要挺拔而天真去吸引和被吸引,需要和一个昂扬的人、一片未知的领域,建立生命的联结。

她也知道,她从那场青春里得到了什么。就像那只被驯养的狐狸,面对着小王子的金黄色头发和麦浪里的风,说:"不,我还有麦田的颜色。"

她呢?她还有5个笔记本、28个卡带,那里面藏着一个名字,一段化茧成蝶的旅程。

"这就是最好的时光。"她站起身来,走向繁华深处。

夜色如诗,温柔如初。

一口饭，两个人，烟火余生

1/

那时候，他还很年轻，在一个大学念书，有些小才小财，处处如鱼得水，难免潇洒狂狷，直到遇上她。

春天的午后，城市低云盘旋，乱花如礼炮争相炸开。他从林间经过，一路想些吃喝玩乐的小事，不期然地听到路边有人在唱英文歌。他听不懂，只觉得又陡峭又柔媚，因为美，还有点悲伤。他本以为是一个中年女人，近了，才知对方很年轻。

脸如鸡子，发如浓雾，于是越发显得那声音像迷香，不容分说地从七窍直侵到心脏。他就这样站在浓荫里，忽然心生卑怯。

后来才知道，她是其他系的女生，是有些故事的。不说男学生，就连院里的个别教授，都对她有超越师生的照顾。

他开始给她写信，用久违了的纸与笔写匿名的情诗。他喜欢这种不在场的游戏，进可攻，退可守，可以轻松胜任。

说起来，她也不是完美的人。只是因为爱，人就矮了，蜷缩起来，觉得自己无限小，无限软弱和无辜。

他寄了多少信已经忘了，开始是告白，后来成习惯，把她当成他生命里的一个见证者，说学业，说天气，说遇见的林林总总。

他本以为，毕业后各奔东西，此后尘埃落定，一切都成为时间沉默的殉葬品。不承想,有一天她找上门来,说:"不是挺有种的吗,怎么玩这手?"

他的脸腾的一下红了,杵在那里,整个人像打了石膏一样僵硬,但还是勉强着嬉皮笑脸,说:"这叫投石问路。"

2/

那天晚上,他们在学校外面的小饭店一起吃晚饭,湖南人开的,味重得很。

要是与其他女孩子约会,他肯定不会选的,但是她不一样。他有一种奇异的念头,想把她带到下面来,带到这烟腾腾的人间,这俚俗的真实世界。

他说:"你看看你点的,青菜粉丝鱼,样样都像是练了瑜伽似的,跟你本人气质就像。"

她看了看他点的,剁椒鱼头、炸汤圆,冲着劲,使着性,任意胡为,也和他差不离。

饭当然没有吃太多,彼此还陌生,吃饭就像是一场表演。

她将半碗米饭吃了一小时,他则一分钟没咬完一块肉。食物在此时早已没有了实用的价值,只存在观赏性。

第二次吃饭便熟了些,一起吃火锅。

配菜一碟碟上来。豆腐正大仙容,一碰就颠三颠,像思春的小尼姑。青菜不卑不亢不变节,以勇士的形象,死了也在坚持。肉卷被冻得张牙舞爪,赤口白舌的,脾气一看就不好,仿佛张嘴就要骂人。还有一种海鱼,倔强地眍着眼睛似笑非笑,像一个被捕获的特工,勾了些芡,入锅一煮,果然比别的食物都要有城府得多。

食物如人，看着生猛，但也有棱刺，都遇不得热情。在滚烫浓烈的汤汁中一过，一个比一个乖顺柔软，脾气好得一塌糊涂。

她也是口齿伶俐的人。挑起两根缠夹的粉丝，说："你看，就跟调情似的，没多久就粘到一起去了。"

汽蒸腾，人间草木与牲畜在锅里等着，无声，无响，无条件，绝对忠诚地，服务他们的舌尖、胃肠和爱情。

他觉得时机到了，有些话当讲则讲。许多时候，我们以为来日方长，说不定，一挥手就是后会无期。

他往里头加了两样菜，一样蘑菇，一样粉条，说："在我们当地，男人女人处对象特简单，就像这两种食材：爱不爱，给个痛快话！"

"爱怎样，不爱又怎样？"

"若爱呢，咱俩一锅热乎乎炖上，再生它麻酱、大蒜、香油、辣子……一堆孩子；不爱呢，你煮你的清汤，我涮我的牛油。"

可没想到，就那样好上了。

她沉默了一会儿，说："不是正在炖吗？"

3/

人间乐事，不外乎三桩：佳人在侧，美食在前，荣光在后。

在那一年里，他全占了。和她走到一起，被某高校下聘书，幸运得几乎要被嫉恨，同舍的人说："不请大家撮十顿，我们不放过你。"

他自然应允，有钱有闲，为什么不？

之后便是热热闹闹地吃。吃茶，吃酒，吃肉，最热闹的，还是火锅。这是最体贴的食法，宜动宜静，宜孤独宜闹腾。

单身的人害怕一个人，喜欢火锅的热乎劲，毕竟一入夜人便觉得空。食欲就穷凶极恶起来，文绉绉的吃食是扑不灭欲火了。唯有火锅以蛮力可制服这头兽——这头兽混杂着傍黑而起的孤独，越发焦躁难忍。

幸福的人想分享，他们也热爱这一家亲的团圆味儿，于是一顿顿永无止境地吃下去。在大刺刺、热腾腾、无遮无挡的香雾中，人的脸都是红的，话也是亲的。

一切都不坏，一切都在等待他们前往。

4/

大家喝得东倒西歪，慢慢走回去。

一路打打闹闹，黑绒般的天幕上，躲着一轮月亮，光辉暧昧，一切都被晕染得讳莫如深。但又有什么关系呢？有她，有未来，有真实燎烈的一日三餐，那就什么都不用害怕。

后来进入7月，仿佛一夜之间，大家都在兵荒马乱地找工作，校园几乎空了。

他因有了工作的下落，逍遥得很，在租来的小屋里懒懒地躺着。她早早上了班。那时在实习，在一家外企，忙得烽火连天，几乎见不着人。早上醒来，她人已经不在了，晚上他入睡了才归来。

他心里牵挂，去接她。写字楼灯火通明，人人穿得像口钟，一板一正地，飞快地穿行，那是另一个世界。

他不习惯，觉得在那森严的氛围里，自己像被点了穴，僵着，窘着，左右动弹不得。这里是数据、利益、专业术语的天下。硬邦邦，冷冰冰，没有情绪的滋生空间。情感要计算得恰到好处，不能多一分，也不能少一分，话要滴水不漏。

爱？在这里说爱，是要被笑话的——这种湿润润、软茸茸的东西，要么被压抑，要么被利用，要么成为诱饵。

他不习惯，走出来，在楼下等她。

下面是广州的各色小吃，糖水铺，甜品店，澄亮的光淋下来，是另一种清凉的、真实的人间滋味。茶点铺也在旁边，都是挤挤挨挨的人。海鲜楼也多，但太贵，到底不是他能消费得起的。

他经常光顾的是一家粤式茶餐厅。吃点汤水粉面，卤鸭卤肉鸡翅饭也香，吃一口，剩下的都包在盒子里，细心保着温，留给她。

她从楼里一出来，扑面而来的就是微温的、鲜香的一盒子……人生夫复何求。一口饭，两个人，就看得见烟火味的余生了……

后来他接得少，就在家里烹饪家常菜蔬，等她晚归时吃。他知道，她一定没吃饭。

她一到家，菜煨在锅里，还是热的。她吃了一点就去床上，蠕了蠕，扎入他的怀里，喘着气撒娇："好想就这样一辈子吃你做的饭。"

他迷蒙中翻起身，有些地方也站起来："我也想，一辈子吃你……"

5/

周末难得她不加班，于是两人穿着大T恤，趿着拖鞋，一起去了菜市场，买了些鱼肉菜蔬，一起走回来。

他一手牵着她，一手拎着菜，穿过紫薇丛，穿过朳果树，穿过大树瘤一般的波罗蜜，穿过水果小货车的叫卖声，穿过24小时无人售货店，穿过红男绿女，穿过盛夏的风和燎烈的光阴……他觉得就是凡俗夫妻，有沉甸甸的欢娱，也有热烘烘的爱欲。

他说："明年，我们就领证吧。"

她说："这么快？我感觉自己还是个孩子……"

菜洗好后，他叫了一圈同学，竟然都没空。他们就在家里，打开电磁炉子，加入底料，慢慢炖火锅，香气凶猛，张牙舞爪地缠着他们。

他们在那香雾之中，投入肉、菇、菜、丸、肠、粉……

食物如人，最怕热情。冷冰冰的人事它们倒不惧，依然坚强挺立，但一遇热心肠，就心软得怎么样都可以。

青菜软茸茸地卷在筷上，渴望着被吃。肥羊卷在滚汁中，缩水成一小条，正在寻找一副肠胃来收容。

他们恣意大嚼，辣味乱窜，舌尖气象万千。之后，又做了些事情。在那些炽热的青春里，他们吃过多少顿饭，就要了多少次彼此。食与性，相生相起。

他们曾经聊过，"红男绿女"这个词莫名其妙，更准确的说法应是"食男欲女"。不再一起吃饭了，也就不会交缠。不交缠的时空里，就会各行其路。

夏天将去未去，谷色的光线从窗纱里漏进来，在出租屋的地板上贴着，几乎难以察觉地移动。

她抬起眼来，看向窗外广州的天，青色的，澄澈透明。她忽然想到万古长天这个词，万古长天指的就是永恒啊。

那时候，没有其他人其他事来打扰他们，只有这盛情盛意的当下。

他在她的身后赤身侧卧着,手臂搭着她说些闲话。每一句都能把人给化了。她听着,听着他的柔肠百结,他的斩钉截铁。那些话说得狠,他自己都被感动了,掉下泪来,他们都是真的动了情。

6/

可是他们太年轻,不知道人世之中,除了食、性以外,还有更多的抗争与苟且。

她在外企,周围狼烟四起,体面有序的环境中,是看不见的争斗与厮杀。她入职不久就得罪了人,对方是直接主管。因不懂办公室政治,她站错队。还未等她懂事,现实就用残酷的报复提前给她上了一课又一课。被穿小鞋,被孤立,她付出十二分努力,依然不被认可。所有的这些,她都未曾告诉他。

他在高校,秩序井然,不理解这种削尖脑袋的蝇营狗苟。她默默吞忍一切,谁也不说。在那些不顺心的岁月里,她急速长大。她来自底层,能吃苦。她不信这个邪,她发了狠:此路不通,我再走一条,总有一条能通的。

他对此一无所知,如往昔怀揣着一腔柔情,买菜,做饭,等她回家。

他穿过广州的夜色,拎着青菜、排骨鱼,回到家,叮叮当当地洗、切、炒、炖……浓香满屋,可她回来得越来越晚。

"什么时候回家吃饭?"

"做了你喜欢的猪肚鸡,早点回来。"

"今天周末,一起吃火锅吧?"

有一天,她忽然发了火:"吃饭吃饭,就知道吃吃吃,除了吃,你还知道什么?"

她不是不知道这是无理取闹,但她憋不住。她汹涌的委屈需一个出口来释放。她需要他明白,她出了事,她需要帮助,需要指引。

可他到底太年轻。未经世事的男生,心事简纯到近乎愚蠢。他嗫嚅着,手足无措地站在一边:"如果不想在家里,要不,我们出去吃?"

她看着他,觉得眼前的人开始远了,他们一个往东,一个往西;一个成为"战士",一个仍是书生;一个像惊弓之鸟与困室之兽,一个仍是少年。

她看着他,眼泪扑簌簌地往下流。在战场上浴血厮杀的人,多么希望自己身边有一个战友,而不是"无用"的伴侣。你反复问我"粥可温",能挽回我的败局吗?你与我度黄昏,能改变我绵延不绝的困窘吗?爱与现实的对抗,再一次败下阵来。

有一天,她说:"为了减少通勤时间,我要住到公司附近。"他阻止不了。

她一意孤行,找了中介,订了一所公寓,周末来搬家。

他沉默地坐在沙发上,看她将衣服一件件叠进箱子;看她将洗漱用品一个个收入收纳包;看她穿梭在屋子里,将个人用品一一带走。

离别已经来了,他却无能为力。

1/

她说:"上班时间住公寓,周末我就回来。"

那时候,广州已经进入深秋,满城桂花香,一蓬一蓬地从窗口涌进来。他反复想到一句词：无可奈何花落去……

后来他去找过她，也给过她很多电话，但她越来越忙。

他听她零星地提过，她的工作终于开始有起色，她被经理"看见"，她有了有力的支持者……可他也明白，她越来越像一个身份，有名无实。

有一回，他去她公寓，她不在，他就在楼下等。

一辆保时捷将她送了回来。开车的是一个30多岁的男人，一身名牌西装，瘦而挺拔。倒也没有暧昧动作，但他隐隐觉得不安。

他依稀记起来，这是她的领导，有些实权的。他正想打招呼，但车子掉头走了。离开时，男人的最后一道目光落在他脸上，意味深长。

上楼以后，她什么也没说，他也没有问。世间并非所有问题都需要解决；也并非所有疑惑，都要有一个答案。

他怕，怕伤害来临时，他无法承受。

人蜷缩起来，伤害是不是可以来得晚一点？

8/

依稀记得是圣诞节前夕，又或者是元旦，他记不清了。他记得的是，他给她打了几百个电话均未接，终于有一天，她接了，对他说："嗨，出来吃个饭吧。"

他疑惑，为什么不回家？她说，外面更合适。家里的烟火味有独特的意义，是关于归宿的、日常生活的、爱的。在外面，吃饭只是仪式感，是关于决定的。有些抉择，早就确定了。但彼时的他竟未曾察觉。

他带着一堆疑问赴约,去找她,他想要一个答案,以及一个态度。可他等到的,只有一个通知。

那天他们吃的是火锅。可后来他才知道,一生只有这顿火锅,红如血,清如泪。此后多少火锅,都不如这顿火锅铭心。

那天,她一口未动。她坐在那里看着他,忽然开口说谢谢:"谢谢你这两年的照顾……"

他突然打断她:"这里的味道不好,走,回家吧,我重新做给你吃。"

她说:"对不起。"

他继续挣扎:"家里有菜,有你喜欢的墨鱼、豆腐、鱼蛋,还有番薯叶,对了,我还买了虾,我学会了一种新的做法,是椒盐的,做出来脆脆的,非常香,还……"

她大声喊:"我们分手吧!"

他怔在那里,千言万语都冻在唇边,吐不出,咽不下,一转头,岁月杯盘狼藉,人早已远去。

他的眼泪流下来,他想问为什么,终是没有问出口。他想抱着她,求她不要走,也终是没有起身。

她转身离去的时候,不动声色地买了单。她现在比他有钱得多,做派大气,处事老到。

她说:"你删了我的电话和微信吧,就当……当我已经死了……"

9/

即便是"死",他也想时不时地去"上坟"。

他和她的聊天记录，被他反复地翻看。

他们第一次聊天时——

他说："你好。"

她问："哪位？"

最后一次聊天——

他说："可不可以重新来过？"

系统提示他：对方已开启了好友验证……

他用小号，假装可能合作的客户重新加了她。此后，不发一言，默默地看着她的生活。

他见证着她风云变幻，大开大合，见证着她一步步往高处走。她所奔赴的宴席都高级而昂贵，她在广州最贵的海鲜楼、精致的会所、唯美的庄园、奢华的高尔夫球场、米其林三星餐厅……以宴请或被宴请为名，吃贵得无以复加的食物。

他站在原地，仍然一个人，仍然吃火锅。他将万般愁思、千番愁肠，投到火热的汤料中煮，这是简单的、鄙陋的食法。烹饪没技巧，味道没层次，囫囵的一片片、一丸丸，刺激得都品不到食物原味，只是鼓鼓突突塞满了肠胃，直到肚子结结实实，没半点空隙，他说："塞满了，就没有空间容得下悲伤。"

那些年里，她兜兜转转，分分合合，陆续开始又终结了几段感情。她都不怨，仿佛与己无关，拍拍灰尘，又奔赴下一场。情事纷纷扰扰，流言不断，她都一笑而过。她只是一腔热血，去拼，去搏，像只优雅的野兽，不达目的誓不罢休。

她晋升很快，在广州也有了房与车。她更加明媚干练，像金刚，什么也打不倒，也没人看得懂她的内心。

后来，她又找了一个人，对方年长她11岁，离异，带着一个女孩，在广州有些势力。

两年以后，她结婚。据人说，她结婚不是因为爱，而是两人资源互补，旗鼓相当。她想要他的人脉，他要她的美色和拼劲。

婚礼没有大张大摆，只在一家豆捞店里，请了一桌同学。来的人不多，说到底，毕业即分别，一抬脚就是天涯路远，一再见便已物是人非。

他也来了。那时，他已30，始终孤身一人。有人催，有人介绍。可是，他顶住了多方压力，抱着一个梦，坚定地蹉跎着光阴。

可是，梦终有醒的那一天。醒来之时，他已经站在她的婚宴中央。

她是没有给他发请柬的。他听到一个同学提起此事便不请自来，坐在桌子正中，轮着敬酒，一杯接一杯。

在座的每一个都心知肚明，却没人说破：一个人的喜酒，是另一个人幻灭的夜宴。

大家开始还陪着闹，到了后来，也闹不下去了，开始劝："你喝多了，要不要休息一下？"

她走过来，将他扶到洗手间。

回来后，已经冷静了。眼虽红着，言行却有了分寸，一直向大家道着歉。

剩下的残席里，再没有人向他敬酒，只留他一个人，往自己碗里不住夹菜吃，墨鱼蛋、螃蟹、虾、奶白菜……一点点塞进嘴巴，像难民，像乞儿。

这世间，多少美被冷落，多少爱是镜花水月终成空。说到底，能扎扎实实吃进肚子里的，也只有这不绝的火焰，这流水的席，这最后的汤汤水水。

10/

那天散席以后,人次第离开,他最后才走。

他在大街上挪移,肚子突起,整个人如同"h",不出几步就趴在墙根下倾巢而出。

有人捏着鼻子走开,也有人冲过来,要他给清理费,还有人嚷着报警:"报警,别跟醉鬼说太多!"

他站起身,擦了擦嘴角,看了看四周,广州的灯火如同苍白的省略号。他忽然觉得,自己就是一个苍老的孤儿,站在末日遗址中,千山鸟尽,空无一物。

又恍惚过了很久。一年,两年,还是几年,对他来说,都是同一天。

这些年,他活得浑浑噩噩。人胖了,工作不温不火,不算好,也不算差,自己也没有兴致去做人上人。他按揭了个小房子,去过几个国家,跟团,也没有特别感触,走了一圈还是觉得中国好,纷繁热闹,有人间实味。

这些年,他有过几次露水情缘,谈过两场仅持续两三个月的恋爱,却始终没有与谁深度来往过。

他像空的巢,像拔了牙的齿洞,一直不动声色地,等着某些不可能的发生。

有人说,找一个吧。他哂笑,说:"没有合适的。"

对方就担心,这样下去,怎么行呢?他自嘲:"我命不好。"

没人知道他想要什么,等什么。

他依稀听说,她的婚姻不太好,争吵不断,但也只是听说。他也不敢去打听,他怕打听到任何消息。好消息,他听了感伤,坏消息,他听了难过。

偶尔走在街头,看见当年她爱吃的东西,他还是会怔一怔。当年,她抓着一把绿莲蓬,一边走,一边吃……莲衣的潮气漫到当下,从他的眼睛里溢出来。

犹是春闺梦里人,陈陶说。

除却巫山不是云,元稹说。

隔了千百年,他们替他说出心里话。

人生若如初见。你仍在林中歌唱,我仍是少年,该有多好?不幸的是,多数婚姻是会破裂的;幸运的是,多数婚姻是会破裂的。

某一天,他猝不及防地看到她在朋友圈说:离婚一年了,现在才知道什么是生活,可是也晚了。

又自评了一句:当年一起吃火锅的人,被我弄丢了。

他蒙了一下……这是说我吗?她在说我吗?那一刻,他头晕目眩,木在当地。什么意思?离婚?吃火锅的人?我吗?这样的话,指向太明显了!

这一次,他不再退缩。他在思考了1小时32分零5秒,终于用小号,假装一个陌生人发出一句话:"你离婚了?"

这是他添加她5年10个月132天后,第一次和她说话,这是他在别后余生里,第一次和她对话。他浑身僵硬,呼吸都快憋不住了。这句话用尽了他无数个等待的夜、思念的白昼、沉默的晨晨昏昏……

他瞪大眼睛,一动不动,等着她的回复,或者不回复。他没想到的是,她秒回,而秒回的话,令他几乎窒息:不是挺有种的吗?怎么又玩这手?

他倒抽一口气,原来从一开始她就知道是他,她这条朋友圈,只对他一人开放。

这一次,是她"投石问路"。如果他沉默,她会死了心。

可他欲语还休的试探告诉她:别走,我仍是你的归途。

11/

太年轻的男女,不懂真心千金难寻,以为错失是一种诗意。只有历尽沧桑,被背叛千百场,被利用、欺骗、辜负千百回,才会知道,无价宝易得,有心人难觅。

人生于世,假如一个人始终如一,愿意为你付出时间、倾尽温柔,那便是天下无双的良人。

彼时正值浓烂的春天,风活活吹着。广州满城花开,香味浓稠,打出去一拳就被粘在里面。珠江边,他们对着一锅沸腾,相对而望,百感交集。

"这么多年了,都有白发了……"

"你可真能等。"

"广州很大,但走遍天河、越秀、海珠、荔湾、番禺、白云、花都、南沙……千万人之中,只有你是我唯一想等的人。"

"等我做什么?"

"我这人挑食,就喜欢一种食物,人也是。"

他不是生意人,凡事讲究一个乐意。天下事,千般情由,万般道理都不如一个"我乐意"。

"我乐意,我喜欢,等再长也可以。"

在他的家里,在一个两室两厅的房子里,他围上围裙,为她烹炒迟到了多年的食物:墨鱼炖排骨、蒜蓉炒番薯叶、椒盐虾……

她一直贴在他身后,手环着他的腰,眼泪悄悄地流。

烽火烧过了,战争结束了,征战沙场的人终于回家,而家里,炊烟仍在，岁月漫长。她回头的时候，他仍在烟火深处为她准备一日三餐。

她风尘仆仆地回来，他打开门："快洗手，要开饭了。"仿佛她从未远行，从未离去。

在一蔬一饭里，他将无言的深情，当成佐料撒下去。

年轻时，她的舌头太笨，品不出味儿。而品出来的时候，他们都已不再年轻。但没事，日子还很长，还有看不尽的羊城花，尝不尽的人间味。

爆腰花、炝黄瓜、煎豆腐、鱼香肉丝、椒盐八宝鸡、荷包蛋、粉蒸排骨、枸杞煨鸡汤、回锅肉、干煸鳝背、红烧猪蹄、麻婆豆腐、辣白菜、辣子鸡丁、软炸虾糕、桃酥鸡糕、干炒牛河、罗汉斋、广州文昌鸡、广式烧填鸭、菠萝咕噜肉、上汤娃娃菜、太爷鸡、赛螃蟹、牛三星、布拉肠粉、虾饺、猪肠粉、云吞面、及第粥、艇仔粥、荷叶包饭、碗仔翅、流沙包、猪脚姜、糯米鸡、钵仔糕……我们一点一点来，一口饭，两个人，烟火余生。

还有火锅，牛油、清汤、番茄、海鲜、麻辣……都要尝一尝。

调好了生活的汤料，将长的岁月、短的遗憾、琐碎的欢娱、形状不一的悲欢离合喜怒哀乐，一点一点投下去，煮成一口百年火锅，香气氤氲，永不冷却。

而他和她都是座上宾，永不缺席，也不散场。

她坐在餐桌边，将一筷菜夹入口中，他走过来，用拇指替她擦去嘴边的青汁，顺便吻了下去。

"嗯……好吃。"

"吃完了，再吃点别的！"

窗外一地温柔的光影，人声寂寂，岁月从容，烟火的深处，故事重新开始……

我和世界和解了

1/

那一年,蒋白被公司辞退,工资要不回,去劳动局讨说法,在那里她遇上了李南。

李南是拍婚纱照的,也被拖欠薪水,来维权,过程很不顺。

出来后,两个灰头土脸的人面面相觑,忽然觉得,同是天涯沦落人。本来,二人只是一面之缘,不会再有交集,但离开劳动局时,他们听见有人哭。

一个农民工打扮的老人,60多岁,一身泥点,头发斑白,跪在地上一拜一拜地喊:"我辛苦一整年,钱就是不给我……叫天天不应,叫地地不灵……"

一打听,才知道他是在工地上干活的,辛苦一整年,包工头不给钱。他有娃要上学,老母要看病,自己也是新伤旧痛,本想带点钱回家过年,但身无分文。

两人气得半死。李南对蒋白说:"咱们的事儿先放一边,先帮帮他吧。"

"怎么帮?"

三人找了个星巴克,坐在户外藤椅上,筹划一个"讨薪局"。

李南细细一琢磨,觉得这些不要脸的包工头最怕的,可能还不是你告，而是怕媒体。媒体意味着影响力，影响一大，舆论收不住，这才是他们的噩梦。那就这么干！从敌人的弱点下手！

李南是摄影师，蒋白斯斯文文，看起来也像是玩文字的。

"这样吧，我们假装媒体人，去帮老伯要钱。"

第二天，李南扛着摄影器材，蒋白借了一根录音笔，揣了个笔记本，去了××大厦。

进电梯时，蒋白有点发怵："要是被看穿了怎么办？"

"大不了被骂两句。骂完了，我们就捅给真正的媒体，反正这事，我帮定了。"

李南眼神坚定，当下，她就觉得有了靠山。前无忧，后无惧，两人跟出征战士一样，雄赳赳，气昂昂，进了总经理办公室。

"你好，我们是××媒体的，有人反馈你们这里拖欠农民工工资，我们来采访一下。"蒋白好演技，瞬间切换，毫无破绽。

原先仰在沙发上的人马上坐直了，如临大敌，认真回答蒋白的问题。

李南肚里有火，但一言不发，沉默地扛着摄像机，将镜头一直往脸上撑。只要对方开始说胡话，打官腔，或顾左右而言他时，他就凑近一步，把镜头再推进几分。

蒋白的问题也尖锐："你们拖欠农民工的工资了吗？"

"一个叫××的老人反馈，他在你们这里干了一年，一分钱都没领到，有这种事吗？"

"这老人已经60多岁了，你清楚这件事吗？"

"如果属实，你知道你们会被处以巨额的罚款吗？"

蒋白的问题和李南的镜头双管齐下，密不透风，对方顿时感到压力山大。

办公室外的人越来越多，有助理模样的人进来递烟，倒茶。最后，该负责人说："这个事情我不太清楚，但我们马上了解一下，如果有，马上解决。"

蒋白隐隐觉得，此时应该见好就收，再聊下去怕会露出破绽，于是站起来："我们会继续跟进这件事的。"

走出大楼时，蒋白大喘一口气："怎么样，我演得如何？"

"影后级。"

事情比他们想象得更顺利。当天下午，老伯就收到了银行的到款通知，一年薪水，分文不差。

老伯千恩万谢，要请他们吃饭。他们婉拒了："老伯，快回家吧，以后出来干活要多留个心眼儿。"

离开后，李南对蒋白说："走，咱整个庆功宴？"

蒋白满心快活："走啊，必须的啊。"

两个昨天素不认识的人，今天忽然统一战线，变成战友、同盟、伙伴，亲密无间，一想，也觉得妙趣横生。

"我李南，四川人，你呢？"

"蒋白，江苏人。"

"咱俩可太有缘了……"

就这样认识了。

不知是不是因为行善有好报，好人都有福，蒋白的纠纷也神奇地解决好了，根本没经过耗时耗力的维权。公司不知怎的，推进了流程，把欠款打了过来。

皆大欢喜。两人得了这借口又约了个饭。吃饭时，蒋白发现，李南长着一米八的大高个儿，心思却细腻，点的全是淮扬菜，清炖蟹粉狮子头、文思豆腐都来自她的家乡。

她看着他，觉得他真是个好人，有豪气，也有玲珑心，贴心贴肺的，如果长夜里还能贴着身，该多好……这么一想，心不由得一热。

李南看着她，看着她温婉如云，笑靥如花，心里也知道，这丫头，真可以。

几顿饭吃完，他们自然而然就在一起了。

2/

他们在番禺的某个地铁站旁，租了一个出租屋，当成两人的家。

两个年轻人荷尔蒙爆棚。一进门，满室箱包还未收拾，就已经滚到了一起，他们贪恋彼此，一直索要，毫无餍足之时。

难得安静下来，蒋白趴在他的胸口，望着他，觉得他完美至极，是上天的礼物："你是真的吗？"她摸着他的眉，他的眼，他的鼻，一路滑下去。

棕榈在窗外静着，长空寂寥，再也没有996、KPI、OKR、Q1、Q2、Q3、Q4、PPT、文案、进度、报表来打搅，也没有房价、车贷、催婚、催生来干扰。一切都在这午后之前被放下了，他们有的，只有这盛情盛意的当下。他将手覆上她的某处隆起，翻过身，贼笑着又做了些事情。

那时候的李南和蒋白就像两个孩子，各自捧着一罐糖，笑着，不断让对方来尝尝自己，看看有多甜，有多黏，它渗入如水岁月，洇开，变成一壶广式凉茶，浩荡的，无始无终的，澄亮又甜蜜。

人生若只如初见，该有多好。可是，世间总有许多的"可是"

埋伏在时间之中。一不小心就会冒出来，像火车扳道工一样，弄一条岔道，让事情脱轨，朝着相反方向疾驰而去。而这种"可是"，往往与人无关，与己有关。

李南是有魄力的，一个路见不平、相助弱者的人，也不可能没魄力。而从情欲的巅峰下来，他一翻身，就站在了坚实的生活中。

有一回，欢爱已毕，饥肠辘辘的两人开始点外卖，点了100多元，蒋白犹豫："咱们都没钱……"她的欠款到了，他的薪水没要回，这样的花销似乎不妥。

但李南毫无畏惧，他看着蒋白："一周之内，我一定找到工作。"

3天后，他就拿到了录用通知，去了一家专门做短视频的公司做视频摄影师，薪酬是原来的双倍。而蒋白，刚刚结束上一份工作，只想休息，无限期休息。

这就是他们两人的区别。一个往外冲，一个往内走，一个会因看见风暴而激动如海，一个会因动荡而焦虑不安。在相处之初，不同的特性可能造成致命吸引，可磨合成本往往也会很大。

她想了想，说："我做一个自由职业者。"

李南沉默了一会儿，眉心微微一蹙。他知道，自由职业太不容易，首先得有职业，其次才论自由。

蒋白的职业呢？

"我会画画。"

在李南看来，这种工作不是没前途，但作为一个没有经验的新人，画出头的希望太渺茫。当然，有钱打底，有人托底，体验一段时光，无妨。

他思考良久，最终，出于一个男朋友的责任与爱，接受了蒋白的决定："你画吧，有我呢。"

蒋白眼睛一热，扎进他的怀里："李南，你是我见过的最好的男人。"

她买了手绘板，换了电脑，准备做一个专业插画师。虽不知前途如何，但就着三分热情，两分兴趣，五分幻想，还是画了下去。

3/

此后的一段时间里，天一亮，李南就上班。

蒋白披上他阔大的格子衬衫，坐起来，打开手绘板，开始勾勒、细描、上色，一画就是一整天。

等到李南回来时，他才发现，地未扫，衣未洗，饭未做，垃圾未扔，快递未取。

李南一开始是接受的。有人在等，有灯在亮，有美人在身旁，这之于一个年轻男孩，当然有着温暖的、刺激的愉悦。但随着他加班渐多，蒋白收入越来越少，穿着越来越不讲究，家务又不干，就有些不快，直言直语变成了狠言狠语。

"随手拖个地怎么就那么难？"

"我一直在画画……"她的口气虚得如同一阵雾。

"现在有人买你的画吗？"

她无言以对，经济实力差，往往就受制于人，她不得不低头。以后设好闹钟，一到下午6点，她就停了笔，去买菜，回来煲汤，等待晚归的李南和他的胃。

她打开烹饪短视频，对着食谱，卡着步骤，去做，去试，几次后，终于能做些家常菜。青的叶，红的果，黄的汤，像个调色盘，看着有香有色。

她在网上发动态，大家都无法相信，那个十指不沾阳春水的人，终于还是在厨房里，为一个人，远欢场，着旧装，洗手做羹汤。

世间女子，无论有过怎样的传奇，遇过怎样的跌宕，在爱情里，都不由自主地，低下来。低下来，在尘埃里开花，在烟火中做梦。可尘埃落定时，是否梦碎，就是各自的命数了。

他对她的微词终于越来越多："到底是逃避，还是兴趣？自由职业者要有着惊人的自律，你有吗？"

她无言以对。在这种近距离的否定中，她也开始怀疑自己，怀疑自己不是热爱，而是懒、弱、穷、丑、胆小；怀疑自己任性有余，理智不足。她不再说话，眼泪一阵接一阵地流。

他看见她流泪，又难受，过来安慰她："不管你怎么样，我都是爱你的。"

6月的时候，李南说，最近要出个远差，要去拍旅行短视频，跟一个博主，女的。

"红吗？"

"素人，没人知道。"

能阻止吗？不能。这是他的职业，更是他曲径通幽的梦想。

李南爱摄影，一心想成为《国家地理》那一类杂志的摄影记者，周游世界，如同独行侠，潜入最危险、最广袤、最荒无人烟的地方，拍下无人知晓的旷世美景。

去这一类平台，太需要技术和机遇了。李南没有，只能在一家接一家的影楼里谋生。

蒋白安慰他:"就这样的生活也可以。"

李南不屑,他说自己不是池中物,终有一天,会惊艳所有人的眼睛。

她看着他,终于哀叹:"你想成龙,可惜我不是天空。"

4/

她开始觉得,李南是会离开的。

他不属于出租屋,不属于苟且的、将就的生活。站在他身边的,应该是一个生命更宽广、更璀璨的女子。而她,只是一个坐在路边为英雄鼓掌的人,贫困至此,卑微至此,她追不上他,也渐渐追不上这个时代。

有一回,她和从前的朋友聚会。不过一两年之隔,却恍如隔世。甲乙丙丁发生了很多事,ＡＢＣＤ遇见了很多人……她全不知道。

她像误入平行时空的旅人,错过了太多事。

"蒋白,你怎么变成这样了?"有人惊诧。

"怎么了?"

"说好听点,是太宜室宜家了,说难听点,就是太妈范儿了。"

她听了心头一惊。

她暗戳戳地去改变——化精致的妆,健身,频繁换裙子……但最终发现,这些只是权宜之计,无法真正改变他对她的定义。

"你打算一直这样耗着吗?"他提到她的状态时,开始用到"等""耗""荒废"等词。

她开始左右为难,继续画下去,追求自己的梦,还是就此终止,去上班?

最终,她给了自己一个期限:过了今年,如果还没画出名堂,就去找工作。

自由职业毕竟只是看上去很美,但是,如果没有才华打底,没有钱傍身,没有超人的自律保驾护航,自由只会带来外界的歧视、内在的恐慌。

太孱弱的人,更适宜找一个稳定的平台来立足,来安身立命。这一点,也是她"自由"了近一年才想明白的常识,可惜醒悟得有点晚。

5/

李南出差的那一周,是蒋白最痛苦的一周。好像忽然间,他就远了。人见不着,电话打不通。她这才明白,一个人要消失,可以多容易,又可以多彻底。

她一遍一遍地拨电话,一条条地发微信,都没有回音。

她试着去转移注意力,看综艺,刷剧,但不管看什么,余光都在扫着手机屏幕,看有没有电话忽然响起,有没有微信忽然提示。

凌晨3点时,她再次拨通他的电话,还是没人接。她对着屏幕上的那串号码发愣,这已经是她拨的第1367个电话。

这么多电话,不过是要一个音信,把不断下沉的心托住,不让它继续沉。但就是没有。她痛苦得蜷起来,在床上号哭。那一刻,她忽然理解了,为什么有些女人被抛弃后自杀,因为太煎熬了。那个长长的夜晚她无法合眼。次日清晨,她收拾好东西之后,去了闺密家。

之后连续一周他都没有开机。她想，就这样吧，就此结束吧！从此，各行其路，互不打扰，好过这样的折磨。

但这种决绝，不过是另一种激烈的、无声的撒娇。她仍然在渴望，仍然在潜意识里希望他回来，向她解释，请求她的原谅，然后重归于好。

一周后，李南回来了，蒋白不在。他打她的电话，关机。

因公司事多，他先赶往公司处理事务，中途收到她闺密的电话，说蒋白在她家。下午，他请了假，在闺密楼下等了两小时才等到了她。

她置之不理，他亦步亦趋；她冷若冰霜，他好颜好色；她回手甩了他一巴掌，他愣了一下，然后告诉她："我们去了另一个景区拍摄，我忘了带手机……"

她不信，他再解释："确实忘记了，不信，你可以问小恺，他一直帮我打光，他知道的。"

3小时后，她泪流满面："你知不知道，我给你打了2000多个电话，2000多个电话！那段时间我是怎么熬过来的，你知道吗？"

李南受了触动，将她揽入怀中，紧紧地抱住她："对不起，对不起，对不起，我罪该万死……"

蒋白的眼泪，在7个漫长的白昼与7个漫长的黑夜之后，汹涌地流下来："你知不知道，我有多难过……"

当内心的委屈被疼惜，当恐惧被看见，当愤怒被包容，任何一个女子都会哭成泪人。

他继续抱着她，越来越紧，直到抱得她透不过气，她心里的冰，终于被他抱化了。

"我也很抱歉,这样误会你,我只是太在乎你……"

原谅以后,蒋白羞愧交加,她羞涩地挽着他。喜悦之上,还加了失而复得的激动,就像蜜上撒了盐,甜得更惊心动魄。

回到出租屋,蒋白去做饭。他穿上裤衩,将长臂从她后腰伸过去,环住她。她整个人就跌入他的怀抱。她又觉得自己依然有靠山,一转头,他就在身后,她不是一个人。

"别急,马上好。"

一切看起来,都和平时没什么不同。

6/

当天晚上,他沉沉睡去。蒋白睡不着,一直侧身看他。

她像躺在沼泽之上,黑软的质地,但却是虚的,沉甸甸的猜疑、恐惧、奢望一站上去,就会不动声色地下坠。

她轻轻拿起他的手,触屏,按了一下他的手机,居然开了。相册,没有太多不妥;微信转账,没有疑点;开房记录,也正常……但微信聊天,却让她嗅到了异样。

近些天,他与一个ID叫"林可可"的人聊得太频繁了。"早安、晚安"说得比她还勤,话题比她还多。

林可可就是他跟拍的女生,在美颜镜头下她看起来很灵动。蒋白知道,危险来了。她整个人都绷紧了,像一个正在见证凶杀现场的人,浑身僵硬,动弹不得。

聊天记录里,有句话戳入她的眼睛:如果我们早一点认识,也许故事会不一样。

这句话令她心脏一紧。什么意思?如果和林可可早点认识,就没她蒋白什么事了？所以，李南是厌了，还是倦了？

那一夜，她再没入睡。她把手机放回他身边，装作什么都没发生。半夜里忽然落了雨，窸窸窣窣的，下得掷地有声。这时候的广州是回南天，湿气重，阴沉的，有沁入骨髓的冷。

她打开床头灯，想就着光再看看他的脸。灯影中，一切都变了。凉薄了一层，可恨了一层，远了三分，扭曲了七分，不像真的。或许什么都没变，只是醒着的人，睁着一双梦的眼睛。

7点时，李南醒了，起床，去上班。

蒋白看着他，看着他穿上她熨好的衬衫，喝完她煲好的粥，匆匆走出门。

她走过去，说："亲一下我吧。"

他不耐烦地抱抱她，走出门："别亲了，要迟到了。"

她对着人去楼空的屋子，不知该何去何从。

那个上午，她走出门。雨停了，广州遍地都是春天，海棠花开得明艳动人，有几朵落下来，拂过她的裙摆，她在心里说："都是别人的。"

她沉沉地走着，像灌了铅。在某个剧院，她买了下午的票，看了一场话剧。撕心裂肺的对白，吵吵闹闹的，什么也没记住。只记得一个化着浓妆的女人，在舞台上哀叹："世界上所有的行为，只有两个目的：表达爱，索取爱。"

是啊。她在菜蔬粮食之间，以厨房烟火温暖他，是给予；而李南，他独自打拼，也是给予。当一方的爱给得阔绰，另一方也不会吝啬。

但当他们开始索取，当蒋白拨了2000多个电话，长夜不眠，不断发出质问："我要你关注我，我要你百分百忠诚于我，我要你每时每刻都想到我，我要你满足我……"

李南给不出，就会觉得累，觉得不可理喻，希望她不要像个孩子，或者疯子。关系就此进入恶性循环。

穿过广州万紫千红的夜，她独自回家。她想过了，实在不行，分手也可以。她带着一颗斩钉截铁的心推开家门。

出乎意料的是，李南正在厨房做饭，他系着围裙，站在灯下洗菜切蒜，燃火煮面，燃气灶上开着一簇小蓝花，舔着锅底，锅里咕嘟咕嘟地冒着泡。

那点硬的心，忽然就软了——这么久以来，这么久，李南从未为她做过一顿饭，这是第一次。他居然也有这样家常的时候。

面煮成坨，青菜整片扔在里面，盐也多了……她依然吃完了。吃饭时，想到某件事，她努力控制自己的声音，让它平淡如寻常："林可可挺漂亮的啊。"

"嗯，我一直在拍的博主，现在也是挺好的朋友，人不错，改天介绍你们认识。"

他不知是太老到，还是真无辜，处理得这样滴水不漏。她心里的硬块，又化了一个。

人都有异性朋友。工作伙伴，互动多了，信任与理解多了，聊得多了些，也正常，毕竟，也要处好同事关系的呀。

1/

之后的一段时间里，她对李南说："你正在为梦想努力，我也想为自己而活。"

她将自己的生活安排得满满当当。画累了的时候，就和闺密去从化泡温泉，去打保龄球，去咖啡馆打卡，去旅行。

推陈出新的活动，看起来就像是生活，可到底是没有底气的。她知道自己只是做姿态，不是真自由、真潇洒，也没换来李南应有的在乎。

有时候，他甚至一连几天都不追问她的下落，就像一个与己无关的人，像路人，像前任……

这一年，蒋白已经28岁了。画技不见长，收入几乎为零，帮朋友画过几幅，没有大反响。而她困于情绪，慢慢不再自律。闲来一笔，忙来一放，不成职业，只成消遣。

她还是不知道——李南心怀不满的，从不是她的宅，不是她的闷，不是她的无聊和守旧，而是她的不长大。长大的意思，就是承担。

而李南，他承担起应有的责任，物质的，精神的。他接更多的活，加更多的班，参加更多的摄影培训。

"蒋白，我会为了我们的未来去拼命。"可是，几个月以后，他发觉自己累不堪言。蒋白因为没保障，依然不安。他晚归，她焦虑；他有心事，她紧张；他微信上有漂亮异性，她担心；他没有及时回话，她歇斯底里。

有一天，她对李南说："你去买个苹果手机吧，随时能共享位置。"

李南同意了。但他小看了一个安全感极度匮乏的女生的控制欲，虽然能随时看到位置，但因为李南依然无法及时回微信、回电话，她还是忐忑。

有一回，李南和朋友们在唱K，过了11点没回家。蒋白给他打电话，因为包房太吵，他没听到。担心就变成了焦虑，她又开始一个接一个地打，依然没接。焦虑就变成了恶意的猜想，猜想就变成了恐惧。

她无法自制地给李南的每个朋友打电话，一边打，一边又对自己的表现深感羞耻：我这样好像太不大气了！

这种自我贬低又加重了她的不安。她就在这种折磨中，精神紧张得不行。

等到李南回家，他一进门，她就大哭出声，顿时崩溃，大喊大叫，歇斯底里，愤怒得犹如受伤的野兽。

李南被吓到了。他能理解她的委屈，却无法消化她的疯狂。他觉得："你是不是有病？不就几个电话没接到，你至于吗！"

可是，对蒋白而言，她被恐惧所控，对李南、对未来都如履薄冰。她担心被别人笑话！她焦虑于男友的若即若离！她恐惧生活空空如也，自己什么也抓不住。于是，在李南看来很寻常的小事，可能都会刺激到她。

她需要李南靠近她、拥抱她，告诉她："一切都会好的，相信我！""我那么爱你，怎么可能会离开，你别傻啦！"她需要李南更贴心、更滴水不漏地保护她。她无法赢得天下，无法锦衣玉食，无法成为人上人，无法在广州立住脚跟，于是，她希望李南能为她做到，如果他做到了，她就安了心。而这些心思，她都不能让李南知道。

她不能让他知道自己的自卑与无能，也不想让他看到自己的敏感与脆弱。她觉得难堪。她不愿意裸露真实的自己，于是，她用攻击来掩饰自己的软弱。当她挥舞起语言的兵刃，满脸杀伐，语气凶狠，她会暂时摆脱虚弱，看起来强大无比。而李南，疲倦越来越多，怜惜越来越少。他终于厌了，从无意不接电话到有意不接电话，从容忍她的脾气到终于开始发火。

他们更加歇斯底里地吵。后来的某一天，两人在硝烟弥漫的争吵后奄奄一息。两个疲惫的人，除了满心失望，随之而来的就是深深的孤独。

"你在我身旁，我却觉得空无一人。"

他看着她，看着曾经的如花妖女，如今疲惫的怨妇，在内心长长叹息："蒋白，我是想和你相爱的啊！"然后，悲从中来，他也无力改变，她更无力改变。有些东西，就像内心的雷达，不可自控地指引着他们渐行渐远。

李南终于在2019年3月的某个夜晚，向曾经同床共枕如胶似漆的恋人说："分手吧！对不起！"

那一刻，蒋白愣在那里，世界像被人摁了暂停键，无声无息，动弹不得。她的情绪被冻住，忘了哭，也忘了叫，只觉得整个人都在下坠，往无底的深渊下坠。而在下沉的间隙里，她看见黑色的深渊中央，蹲着一个小小的孩子，她睁着惊恐的圆眼睛，无助地说："我只是想要你爱我！"

8/

分手以后，李南搬出了他们的出租屋。

他拉着箱子出门的那一刻，蒋白像失重的人，瞬间落空，"砰"的一声，倒在地板上，泪如泉涌。

那个下午，她躺在地上动弹不得。她想起那年，他们初相见，他坐在台阶上，悠然看着天，不像去维权，倒像是闲来饮茶，就地找个地方坐坐。相比她的紧张，他从容得不像话。那一刻她就想，如果与这样的男人发生一点儿什么,该有多好。命运成全了她的渴望,却没有给她完满的结局。

不久,她看到他的朋友圈里,传来转行、恋爱、结婚的消息。

他真的去了地理类的平台做摄影记者,做得有声有色。他恋爱了,对象是他的新同事。再后来,他结了婚。

她看到他在朋友圈发的领证照片,再次如坠冰窖。点开他的微信:"祝贺!"并转去了516元。他们在一起的时间,恰好是516天。

他回:"对不起,你还好吗?"

她不好,她怎么可能好?她一直以泪洗面,在往事中走不出。她看过98次广州凌晨4点的天空。她依然在画,画了孤独,画了暗夜无光,画了离别后一直站在原地等待的人,画了心碎无痕的女孩,在拥挤的人群里,捂着空荡荡的胸腔,寻找一个不归人。

她走遍他们走过的街道,买他爱吃的菜,就餐时放上两双筷子,假装他没走,假装他会回来,推开门,然后欢天喜地地说:"我回来了!"假装他只是出了趟远差。回来后,依然像那次一样,等在楼下,跟在她身后,说对不起,说下不为例。

她无数次点开他的微信,反复写下四个字:"我好想你。"但写了多少次,就删了多少次。

世界庞大,没有她的家。她转身的时候,身后终于空无一人。

她打开一瓶红酒,满斟一杯。

李南,我在广州的出租屋里,在曾经与你同床共枕、相濡以沫、承诺余生的房子里,祝你娇妻佳婿配良缘,一生无风雨,浓情永不散。

先干了这一杯,她一饮而尽,酒烈而呛,她咳了好一会儿,又斟一杯。第二杯,祝你有人伴长夜,有人做羹汤,有人熨衣裳。第三杯,祝你忘了我,忘了那个恓惶如鬼的人,那个曾与你救人却无法救己的人,那个走不出来的人。

之后,她大醉不醒。那是一个漫长的大梦,梦里,她孤独一人,渡过汤汤大水,而李南乘舟从她身边过,一转眼,消失在天边。他不再会回头,往事无法重新开始。

那个夜晚之后,蒋白走出门,带着几幅画辗转求职。她只有一个目标:活得更好,比李南更好。

好在天无绝人之路,终于有人愿意与她签约。不过价格低廉,一幅才20元。她不在意。夜以继日地画,不分晨晨昏昏地画。终于,她有了粉丝,也有了自己的风格。

一年以后,她以插画师身份受邀参加业内活动。灯光璀璨,大咖云集,她一个都不认识,她面对满室喧哗,深感无所适从,于是找了个角落枯坐。

有人叫她:"蒋白!"

竟然是林可可。近些年,她越来越红,已经是小有名气的视频博主。有几次,蒋白甚至在手机上刷到过她。

"你认识我?"

林可可坐下来,说:"李南经常给我们看你们的照片。"

她就着这个话题,聊了些从前的人与事。

在蒋白眼中,往事是破碎的、压抑的,可是,往昔也有另一种迟到的叙述。在林可可的眼中,蒋白是另一种模样——她是人生赢家,有爱她如生命的男孩,有梦可追,有后路可退。

林可可也喜欢过李南。那么高大迷人又豪气干云的李南,像行走的荷尔蒙,繁茂如树,谁都会多看两眼。

但李南的眼睛里，只有身后的蒋白：

"蒋白没有安全感，我要早点回去。"

"我要给蒋白回个电话。"

"蒋白喜欢吃红糖麻糍，我带些回去给她……"

林可可有时心疼他，劝他不要那么拼，他笑着摇头："蒋白独立以前，我得养着她。"

他的痴情与担当感动了每个人，却没有感动那个无知无觉的女主角。蒋白以为，她一直活在暗夜里，但她不知，她正活在林可可以及更多女孩的理想中央。

林可可离开后，蒋白待在那里。所有声音都听不见了，只知道有一种苍凉，从心底袭上来，包着她，令她恍如隔世。

她叫了车，穿过中山五路，穿过南越王宫博物馆，穿过暗沉却温柔的广州的夜，回家。

在车上，她的眼泪终于落了下来。原来，她曾被结结实实地爱过，她被一个人用生命用力又用心地托举过，她从来不孤独。只是，彼时站在情绪的死胡同，走不出去，别人进不来。

不是李南要走的。他也和她一样，想过余生，想过朝朝暮暮，是自卑、焦虑、恐惧如她，因为"我不配"，用尽各种方式去验证，最终逼走了他。

司机在后视镜里反复地看她："你还好吗？"

她越发哭得泣不成声："我真的好傻……"

她此时才懂得——相爱不是儿戏。相爱是有条件的，它要求相爱的人是两个健全、能成长、能自我负责的大人。一个孩子和一个大人，只能照顾与被照顾，依赖与被依赖。倘若你永远不长大，看不见他人，结局只会是两种，一种是互相折磨，另一种是劳

燕分飞。

李南不是苟且的人,他选择了后者。曲终人散的时候,蒋白站在无人之境,看见晚来的答案——答案与别人无关,与自己有关。

那场沸腾与降落中,李南不是坏人,她也不是,只是因缘际会,对的时间遇上对的人,却没有爱的能力,到底也是错过。

她知道,该正式告别了,也该和往事和解了。从前,她像受虐一样,住在他们共同的小屋里,躺在往事的灰烬里,用余温取暖,用幻想度日。如今,她将所有东西打包,走出旧事的门。

门外,繁华一望无际,阳光如羽,风习习,广州城温柔如初。路边有几株火焰木正举着红花,点缀初夏的天空,紫荆沿街匍匐。

转身的时候,她在心里说:再见了,李南;再见了,我蒙昧的曾经。

调好了生活的汤料,
将长的岁月、短的遗憾、琐碎的欢娱、
形状不一的悲欢离合喜怒哀乐,
一点一点投下去,煮成一口百年火锅,
香气氤氲,永不冷却。

SHIWU / SHENGHUO

辑贰

一人间烟火气，最抚凡人心

总要允许有人错过你，才能赶上最好的

1/

那时候，蒋淇也穷。她在广州一家私立学校教书，攒的钱也不多，加上刚帮父母在老家买了房子，手头紧巴巴的。从前一年旅行两次，如今缩成了一年一次。

2015年，她去陕西。

出行前，郑繁说："来了？要不见一面？"他就在西安。

他们曾是死对头。在网上，二人因立场不同，在一个群里"厮杀"，撕着撕着，撕得共识越来越多。

本来嘛，人与人若能放下情绪，真正理性地沟通，就会发现，纷争大多源于胜负心，哪有那么多本质的分歧？大道归一，无非如此。

有人看不下去："受不了了，你俩是吵架，还是互撩？"

大伙儿跟着起哄。

红了眼变成红了脸，他们就此鸣金收兵，加了微信，成为网友。聊了两年后，只见文字不见人，但默契还算多，有共同的兴趣，也有相似的正义感。

有时候，他们聊着聊着也会想，对方到底是个怎样的人物？

但也只是想想，都不是少不更事的人，不会以幻想为食，投射一个理想伴侣在对方身上。这太滑稽。

抵达古城，住下来，她给他发微信："在哪儿碰头？"

他说了一个地方，离她酒店不远。

她换了板鞋，穿过古城夜色和半条街的烤肉味儿，去见他。

2/

在一个公园门口，他站着等她，一个高而瘦的男孩，穿着白衬衫和一条浅蓝色牛仔裤。

她想到一个词：长身玉立。

她个子也高，一米六七的身高，穿上高跟鞋，在任何场合也算出类拔萃。但在他面前，竟如此娇小。

仰头看他时，她感到有些想法，像雪碧中的水泡，正在悄无声息地冒出，哔剥，哔剥，细细地炸裂，甜的，透亮的，秘而不宣的小欢愉。

她伸出手："你是郑繁吧？我是蒋淇，久等了。"

寒暄后，两人一起去吃饭。

她注意到，挑选馆子时，他一直避开装潢贵气的饭店，目光只搜索一些暗淡的小排档。

她懂得这种选择到底意味着什么，要么不看重，要么有点穷。

前者她是不信的，他期待这场见面已久，应该不至于轻慢。那就只剩下穷。穷人都懂得穷人的困窘和穷人的自卑心，他们会在辉煌煊赫的酒店里感到周身不适，觉得不配，钱包也承受不起。

她其实很好打发，一口食，一杯水，也足以应付她的肠胃。

在一间简陋的小面馆面前,她说:"哇,好久没吃过面了,咱们吃面行不行?"他说:"好。"

他们挑了张沿街的桌子,坐下来。桌子是塑料的,浮着没清理干净的残渣,用纸一擦,满纸油污。

她点了一份凉皮,他点了炒面。其实不好吃,味精未溶,酱料还浮在表面,没进去,做法粗鲁,过程潦草,吃到嘴巴里,一咀嚼就感到有一股来自厨房的恶意。

她夹了一筷,不想再动了。她不是挑剔的人,但那真的粗糙至极,难以下咽。放下筷子时,她说:"真好吃。"

他看了她一眼:"真的?"

"真的。"当然是真的,美色在前,哪怕喝白水也能喝出千般滋味,她解释,"只是我在飞机上吃过了,现在肚子太饱,吃不下了。"

他将那碗面扒干净,付了钱,一共12块。

然后,他送她回去。

在一个十字路口,她懵懵然往前冲,一辆汽车在她半步远的前方呼啸而过。他一伸手,抓住她,往他身边拉了一下。

她那时单身已久,情与欲都呼之欲出,这一拉,立即想到一些有的没的。

3/

古城夜已深,摊铺都收了,长街静谧无比。路灯下,两个瘦的长影贴在地上,走着走着,就近了,走着走着,又远了,像是在调情。

她看得出神，故意走慢了一点，留在他背后，笑着，调皮着，往他那边一贴，两个人影抱在一起，相亲相爱往前行。

那一夜，他送她到了酒店楼下，礼貌地交代了一下，离开，什么也没说。她也按捺住了自己。

次日，蒋淇登机，前往另一个省会去参加一个活动。

起飞前，她和他道别："感谢招待。"

"一路顺风。"

一切都滴水不漏。但她终究不甘心，想挑破，想要一个答案："如果我留下来，我们会在一起吗？"

他回："会。"

那个活动持续了近一周。地点在一个度假区，风景极美，但她毫无兴致，抵达时就盼着结束日。

一周后，活动终于到了尾声。她折返西安，他来接机。在机场出口，他穿着初见时的衣服站在人群里，一如既往地耀目。她笑着迎向他，他则自然地握住她的手，娴熟如相恋多年的情人。

回出租屋的机场大巴上，他说："你要做好心理准备，我……没钱。"

她握了握他纤长的手指："我不在乎。"

大巴载着两个年轻人，穿过一簇簇的灯光，一蓬蓬蠢蠢欲动的心念，前往他们贫穷又热烈的时光。

4/

但很多事情，当它只是一个名词时，人们觉得不过尔尔，当它成了现实时才知道有多磨人。

郑繁那时创业失败，押进去的存款、借的钱，全都血本无归。最后公司破产，欠了一屁股债，加上他为人处世也不行，整个人灰心得几近抑郁。

他是贫苦人家的孩子。年少时，因为穷处处被刻薄、被轻视，志气上容易被激起，情商上就很难在线。在他的潜意识里，与人合作，意味着讨好，也意味着自尊受损。他简直受不得低一丁点儿头，也受不了主动之后、努力之后，有一丁点儿失望。这样的态度在职场上、在为人上，当然要吃亏。

可这太难改。

蒋淇说："其实可以更柔软一点。"

他怒不可遏："凭什么要我软，凭什么要跪着赚这个钱？这有违我的底线。"

其实并不是跪着，只是在合作的条件上再让一点步。一个人或一个团队，没有资源，没有经验，议价能力本来就低。为了达成合作，得拿出诚意或成绩，才能让对方给机会。但他看不见这一点，只觉得全世界都在欺负他。蒋淇就是在这种时候来到郑繁身边的。

在相处之初，她对未来的困境一无所知，她抱着郑繁的腰，笑靥如花："穷怕什么，你上进，我努力，我们有的是可能，日子一定会越来越好。"

5/

那段日子里，打车成了奢侈，看电影成了盛会。

去买茶叶，贵的不敢要，千挑万选，买了10块一斤的、不知道什么来路和滋味的茶，一倒，就是一蓬粉，一泡，就是一层沫。

她说，没事，我喜欢走路，不爱看电影，只喜欢喝白水。

吃饭呢，有门有面的餐馆从来不敢进，只吃街边小摊，类似关东煮，但没那么讲究，七七八八的杂料扔一锅，从早到晚煮，咸咸的，辣辣的，还带一点似有似无的馊味，5块钱一大碗。

他们要了两份，装在泡沫碗里，坐在深幽曲折的小巷，就着昏暗的灯光和往来穿梭的人群，吃得吧唧作响。

吃完回家，经过水果摊。蒋淇想吃西瓜。一个西瓜买不起，就买半个，或1/4个，抱回来，一小勺一小勺地互相喂着吃。

郑繁抱歉地看着她，蒋淇抬头笑："有情饮水饱。"

那时候的交往，几乎在云端，不接地气，也不管现实。但真情从来都是奢侈品，误会能毁了它，辜负能毁了它，猜忌能毁了它，控制能毁了它，暴戾能毁了它，压力能毁了它，陋习能毁了它，流言蜚语能毁了它，贫穷也能毁了它……

这一点，2015年夏天的蒋淇和郑繁都不知道。他们只觉得浪漫满胸，脑袋发热，天真又顽强地手牵着手，逛遍了那个城市的大街小巷。

有一回在公交车上，人多，他们被挤开了。她站了一会儿，忽然觉得缺了点儿什么，一看，原来是终日胶着的手没有握在一起。

一个月以后，郑繁说："回家见见我父母吧。"他在电话里已经迫不及待地把蒋淇介绍给了家人，甚至在心中开始计划，见完父母，就随蒋淇前往广州。

她曾多次说起广州的自由、广州的包容："广州真的特别好，在那里，你的才华才有施展空间。"

以及广州的美食："怎么说呢，在广州，你能追梦，也能休闲。美食太多了！我最喜欢那里的粥和汤，天上飞的、地上走的、水里游的什么都能煲，鲜得不得了。"

他听得口水直流，直接打开各个招聘平台，查看适合他的职位，城市专选广州。

在他们的设想里，未来是镶着金边的。到了广州后，他们各自努力。两年后，他平步青云，她少年得志，他们买房、结婚、生子，一起逛遍广州的大街小巷，吃遍广州的大餐小吃。他们处处如鱼得水，好运大开绿灯。

但梦想二字，首先是梦。梦就意味着，它离现实，隔着一大段距离。在想象中，他们是人上人，可现实里，他们面对家徒四壁的家，窘迫又悲凉。

6/

他们乘公交车去客运站，到县城，再转车，到镇。镇上再转一趟车，到村。回到家的时候，已是下午。

谷色阳光匍匐在地，高粱蓬勃，麦地绵延十里，绿野中央，渐次出现零星的屋落，墙体灰白，盖着补丁般的黑色鸳鸯瓦。炊烟从烟囱冒出来，如同房子灰蓝色的呼吸。

他们下了车，沿着一条石子路走进家门。看到郑繁的家，蒋淇这才知道自己低估了很多情况。

房子极旧，猪圈和厨房是连在一起的，地上连水泥都没有。屋子灯光昏黄，家具也粗陋破旧。一切的一切，都令蒋淇非常吃惊。

见过父母和奶奶后，郑繁知道她不习惯，于是骑了辆自行车，载着她在乡间小路上晃荡。

晚风轻凉，玉米地和苹果园沙沙作响，不知名的白色飞鸟掠过，夕阳投下来，他们的影子靠在一起，美得几乎能入画。再无望的乡间日子，也匹配了静谧的田园牧歌——外人只看见田园，局中人才体味到窘迫。

他尴尬地笑："没想到我家这么穷是不是？"

蒋淇已经回过神来了："没事，我们努力，多赚钱，照顾好爸爸妈妈和奶奶。"

骑到一处苹果园，郑繁说："这我家的，苹果已经熟了，你可以摘来吃。"

这是郑繁父母赖以为生的经济来源。果园也不大，不过几亩地，种着苹果和花椒。

她看着满树红艳惊喜无比。看准一个，摘下来，擦了擦，咬一口，舌尖顿时激爽无比，甜味四溅，果肉酥脆多汁得令她想把舌头都吞掉。

因为这点甜，她忽略了他赤贫的来处与当下，忽略了猝然到来的生存压力，忽略了她可能从此更辛苦、更焦虑、更无望的现实——其实，乡间也没有什么不好，有果园，有田野，有家人，有炊烟，可能也值得过下去。

7/

浓情四溢时，郑繁是一个有志青年，戾气没显露，正义感十足，还有点小才、小幽默。但形而下的困窘，必然会带来形而上的焦虑，这一点才是两性关系的杀手，也是贫穷真正可怕的地方。它会让外部的失意，内化入心，变成对自己的失望。

回城以后,郑繁继续上班。

依稀记得是一个晚上,他下班回家。蒋淇因为等得急,早早在公交站候着了。他一下车,她就带着一身灯光、满脸笑容迎上去。

她去牵他的手,他木然,不回应,也没好声气。仔细一问,才知道今天因工作失误被领导骂了。

这本是正常事儿,但他反复说:"我就是最差劲的垃圾。"

蒋淇继续安慰他,他则寻找一系列负面的事件来强化自己的无能——创业的失败,项目的亏损,领导的不重视,发到广州几家公司的求职函没回音……林林总总都在击垮他,让他自我定位为:一个彻头彻尾的失败者。

他还说了一件事——因为蒋淇的到来,恋爱要花钱,哪怕他们已节俭到了不能再节俭,蒋淇也付了大部分费用,但郑繁负债,工资得还款,日常开支就得借。他必须为了200块钱,跟这个同事借,跟那个朋友求。借到了,也不敢跟蒋淇说,只委婉地说了声:"我朋友拿了200给我。"

尊严不再,人格稀碎,你让他宽容、有担当、充满温柔?不可能的。

不久,他们的生活开始出现一些罅隙和裂痕。比如,蒋淇说,自己想开一个托管中心,他就一直冷嘲热讽,说这是逃避工作。蒋淇喜欢读书,他就说,读书没什么用,经验在生活里……

更多的麻烦接踵而来,蒋淇与他谈到某个朋友的出色时,他就会开始攻击,能力强的被他说成精致利己主义者,情商高的被他说成虚伪,必定别有用心。

蒋淇很好奇:"为什么提到任何人,你都要贬损呢?"

"因为这样才能把别人踩在脚底。"

她劝他,其实不用敌对,哪怕人无完人,但只要他人有优点,也可以充分认可。

他不知怎的,忽然怒拍桌子。啪!寂静的夜里,这阵暴怒的拍击声,把她吓了一跳:"觉得我不完美你为什么跟我在一起,跟那些优秀的人去呀,是不是倒贴人家也不要?"

蒋淇气得目瞪口呆。摩擦与矛盾终于露出了它的獠牙,将那些原本就不多的温柔,噬咬得乱七八糟。

一个人越自卑,他的防御心态就越重,有时甚至如同攻击。它投射在生活里,就成了臆测、紧张、易怒、控制,风吹草动就要赶尽杀绝。

她努力过的,真的努力过。她试着去理解他、崇拜他,对他的每一个闪光点都不吝言辞去赞美,对他的每一分痛苦、自卑、焦虑、暴躁都换位思考,去体恤他的不易,鼓励他慢慢来。

但,如果你的努力永远有去无回,甚至引发种种负面猜测,你还会继续吗?

8/

最后一次吃饭是蒋淇请的,在他一直想去但又没去的一家店。

她点了他喜欢的烤羊排、啤酒鸭、水煮鱼。晶亮的大钢盆端上来,满满当当的一大锅,盛情盛意的样子。鱼片无知无觉地在汤汁里浮沉,捞上一片,咬下去,唇舌瞬时异军突起,百转千回。

他吃得酣畅淋漓,不在意离别正在眼前发生。

她说:"我订了机票,下周一回广州。"

"行,你回去吧。"

"你呢?"

"我这边先看看,收拾妥了再去找你。"

回广州的路原本计划两个人走,最终却一个人回。

返粤之后,她一直在等,等他来,等他在南方重新开始,等他说,我来了,我会照顾好你。但他一直没出现,她是早就预料到这场分离的。

离开后,她偶尔会催,问他的进程,也问他的计划。因为异地,偶尔会质疑,他会马上反击,不留情面也不遗余地。那些话,即使你用脚指头去听,也有十指连心的疼。

"你牛,你怎么没有年入百万呢?"

"我去广州不就成了入赘的?我得伺候你到什么时候?"

"我可不像你们女的,实在不行,就地一躺,还有捷径可以走……"

他甚至骂过她拜金女、"心机婊""绿茶"……

再也无法继续了,她在第N次被辱骂之后,终于将他拉入黑名单。拉黑他以后,她在朋友圈说:"贫穷不是悲剧,但贫穷所带来的心理问题,必会让你的生活成为悲剧。"

那一天,她正步入28岁。人过28,就会祛魅,不再信任"问世间情为何物,直教人生死相许",取而代之的,是更实际的生活,是"诚知此恨人人有,贫贱夫妻百事哀"。

这世间,没人会因为穷把另一个人押入关系的死牢,但怕就怕,在贫穷的狂风暴雨下阵脚大乱,否定和自我否定,陷入性格病态。这又是另一回事了。

9/

两年以后，蒋淇结了婚。

对方是一个温和的人，物质也不丰沛，没房，也没车，但性格稳定。她觉得，这才是宜家宜室的人。

婚礼很简单。几拨亲友聚在广州的一家粤菜馆，吃了些家常菜。席间，她接到一个电话，是郑繁。

"听说你结婚了？"

这是他们分手后，她第一次接起他的电话。电话里，郑繁告诉她，其实，他来过广州，去过她从前就职的学校，没想到，她已经离开了，开了她的少儿托管中心。

他说："对不起，如果可以，请原谅我。"

那时，广州夜色四合，灯火四起。

这座城市有如一个大胃，沉默地消化每一个人的爱与恨，白昼的兵刃相见与长夜里的失声痛哭。

在南方的风中，你会觉得，峥嵘往事也不过尔尔，辛酸岁月终将会过去。

她忽然想到那年，他们初相逢，在灯火阑珊的小巷里吃面。她说，有情饮水饱。岁月造化弄人，情没了，水也不能饱。留下来的，只有用残的一次性筷子、虚浮的塑料碗，被人一甩手，扔进时光的垃圾堆。

再也不相见，再也不提及那个人。

一起吃晚饭,好吗?

孤独如一个人的餐桌。

她在纸上写下这句话的时候,正坐在绒布椅中,看着自己的窗,怔了很久。此刻近黄昏,楼下就几个老人,暮气弥漫,人生向晚。晚饭时间到了。

她想,今天该吃什么,又或者干脆不吃?是两个月,还是三个月?不对,应该是去年的某个时间,她和一个人,天天一起吃晚饭。

直接的、燎烈的,馥郁又家常之飨,一顿顿,吃得欢天喜地。

他们去菜场买菜,看见鱼,他说,嗯,美容的,你吃好;看见葱,说,壮阳的,我吃好;看见豆腐,说,美白的,买点回去炖鱼头……还有胡椒大蒜和葱姜,都能给他们最好的服务。

她看着他,觉得这个人这么近,就好像她的生命与他的生命,通过食物、通过胃肠,发生某种神秘的连接。

在租来的小小的屋子里,用电磁炉煮菜,热气砰砰地冒出来。

她给自己舀了一大勺辣椒油,他们用菜叶子蘸着,咽了下去,舌头忽伸忽吞,咳得肝肠寸断。

他递来水,仍是辣,又给了饭,还是有点辣。

他终于抱起她的头,吻她。其实更辣,火烘烘的嘴哪能降得下去？但她觉得，原来，辣是这么销魂的味道啊。

那时候，她想，生活哪需那么多，有一个人，一张床，一个大厨房，就可以知足地活下去。

他问她："未来会是怎样的呢？"

她说："可能就是多一个人吃饭吧。"

她在那些亲切的人间烟火、温暖的油盐酱醋、叮叮当当的锅碗瓢盆中，将日子一天一天地吞咽下去。

"来来来，快来尝尝好不好吃？"他举着勺，嚷着，声音也是刚出锅的，热腾腾，暖融融。

锅铲递过来，边上浇着一块滚烫的什么。

她走过去，咬住，咀嚼——强悍的滋味，顿时在舌尖乱窜着，不由分说升腾，顶到上腭后散开，脑子都木了一下……

"嗬，好吃！"

一个不专业的厨师和一个永远捧场的食客，就是完美搭档。

她看着他，看着眼前的菜肴，觉得温暖就在当下。饮食男女，哪有那么多人间大愿，无非一年四季，一荤一素，一日三餐，一屋两人。因为有好心情，菜都对了味。

鱼被蒸汽呵过，放了姜丝与葱，洒了酱，味道干净，又绵软又淡泊。瘦肉粥一入口，人就被救了，微稠，滚热，鲜香，浓郁，呵着气，吃到半碗，脏腑像被按摩过。

红糖馒头还未出锅就已经香得张牙舞爪，味道在屋子里窜来窜去。

他问了三次："熟了吗？可以吃了吗？"

干炒牛河得油多，加入红椒青蒜和切成薄片的牛肉，热锅里多翻滚几回，熟得透些，味也入得深。

周末的午后,他们坐在窗前喝茶。她喝红枣奶茶,他喝苦荞,配着小点心,慢慢喝,慢慢聊。

暮色忽已晚,人生像是别人的人生。

她那时想,幸福大概就是,和一个人将永无尽头的宴食,缓慢地吃下去。吃到后来,都不能再吃了,就说,走吧,去天堂的餐厅试试味道。

然而,变故终于发生,他去了异国,她留在本地。

她自然担忧。他反复说,汉堡咖啡我吃不惯,还是习惯喝和你一起煲的粥。言下之意是,他一定会回来。

开始,他们还日日聊天,聊街角的咖啡馆又增加了一种牛角包,聊异乡的食物有多粗糙,聊她学会了土豆的第18种做法,聊他在陌生的酒吧一不小心喝醉了……

但终于,越聊越少,地理的距离变成心的距离,将他们愈拉愈远。

有一天,她一个人吃晚饭的时候忽然想起,他已经一个星期都没有音讯了。

她不问,他不说。她反复问,他就敷衍地嗯嗯哦哦回复。她知道,真正的离别来过了,只是现在她才反应过来。岁月吹凉了所有丰馔佳肴,剩下的,都是沉默的残羹冷炙。

往后,所有的日子都是一个人。一个人工作,一个人逛街,一个人看电影,一个人吃晚饭。

在他离开的第308天,她看着眼前的饭食,又一次默默地落下泪来。

依然是那个屋子。白炽灯照着,面前搁着白瓷盘与白瓷碗,铺着白豆腐与白米饭。清荧荧的光,静怯怯的夜,影子投在盘子里，都听得见"哐当"的一声，简直凄惶，简直人生无望，简直像乱世、像遗址。

她打开手机，在附近的美食中找一个适宜的餐馆和一个可以说话的人。餐馆有很多，但人没有一个。

分手快一年的时候，她准备将他们一起吃过的餐馆再去吃一遍，像给逝者上坟。但吃到第三家的时候，撑不住了，觉得像自虐。最后去的一家，是一个浓情蜜意的西餐馆，里面有树脂雕的童话人物。

她的座位旁边有一个雕塑，雕着两个小人，一个是小鞋匠，一个是姑娘，这是安徒生的故事——鞋匠深爱着女孩，他们曾一起一边吃姜饼，一边谈未来。后来，女孩成了音乐家，而男人依然是个鞋匠。最后他死了。天明的时候，落了一场雪，他睡着了，在异国的柳树下离开……故事里的人、故事外的人都有着相似的悲伤，也有着相似的无能为力。

那天，她点了最贵的牛排和酒，将其当作秘密的仪式，与旧事告别。

半小时后，精致的瓷盘托着一块肉端了上来，泥色的一块肉，配着意粉与白澄澄的汤，香气丝丝缕缕。

这本是她最爱的食物、最爱的店。以前她对他说，如果哪天发了奖金，一定要来尝一尝。如今就在眼前，她却没了胃口。高脚杯里，红光潋滟，倒映着一张灰蒙蒙、泪涔涔的脸。

那时候，广州下起了大雨。四野迷蒙，人群来来往往，像热带鱼一样，从窗前一簇簇、一群群地游过去，天空将一个个感叹号抛下来，连续不断。

不远处，一个男孩站在檐下，额发一缕一缕滴着水，牛仔衬衣被浸成黑色。

她默默地看着。时间缓慢而潮湿,一点点滑了过去。5分钟过去了,10分钟过去了,他依然没有动,只是偶尔抬头看看四周,像在等什么人。

她哑然失笑,她连等的人都找不到一个。

她终于还是吃了那份牛排,餐刀细细地切了一片,叉起来,递进口,黑胡椒的香味之后,就是牛肉的肉汁微溅,是上乘的质感,烹饪得也恰到好处。

她却觉得少了什么。少了什么吗?某些提味的东西。那些东西有关于心境,关于一个人,那是比任何佐料都要高级的调味品。只要加上,平庸的食物,也有曼妙的起伏与绽放。

可失去一种佐料,饭还得吃,不是吗?

恍然间,有人坐在她旁边的桌子上。

她一看,是那个淋雨的男孩,似乎是有人爽约,他怒气冲冲,对着手机吼:"第5次了,我不想伺候了……"

她又看了看他,碰巧遇见他回头,目光撞上了。

他挑衅似的,高声说:"没看过这样的怪胎是吗?"

她笑:"看过,我也是怪胎。"

"也被放鸽子了?"

她低头,苦笑。

两个灰心的年轻人,在百无聊赖的夜晚,漫不经心地靠近。他们就着一盏烛火、两杯咖啡,说了些闲话,和身份无关,与往事、故人、情绪有关。

他说自己的付出,她也说多年的等待。

夜渐渐深了,灯火阑珊。他的身影一半在光里,一半在阴影中，像八卦鱼。她吞饮着那些苦甜的液体，忽然觉得，这里的咖啡也不错。

她站起身，要告辞回家的时候，他说："留个微信吧。"

"为什么要留微信？"她当然知道为什么。成年男女，心知肚明。单纯些的，会想到了解；复杂些的，会想到别的。

"明天，一起吃晚饭好吗？"他的答案磊落温暖，令她措手不及。她愣了一下，然后，内心那盏短路的灯又噼里啪啦着，不依不饶地，想要重新亮起来。尘世漠漠，长夜荒荒，终于有人前来对她说，一起吃晚饭好吗？也终于有人，愿意以饮食为路，尝试着抵达她的世界。

出租车在广州的午夜穿行，她静静地看着窗外——夜市还在开，灯火流窜，又是一个不夜天。

这个城市那么大，从不会因为一个人的离开而变成空城。千万人仍在这里寻觅，在一日三餐之间悲欣交集。

其实啊，人生无非就是两个人，以爱作料，以情为饮，用时间作文火，烹饪一锅接一锅的美食。一顿饭结束了，又会有另一顿饭开始，一个人走了，又会有另一个人到来。吃到后来，人间烟火之中，陪伴你将一盏茶从青丝如瀑喝到白发如雪的人，才是最深情的人。

倘若他还愿意为你走进厨房，用整个余生烹饪三生烟火、四时风光、五谷杂粮，这就叫爱。这个人，就是对的那个人。

所以，"明天一起吃晚饭，好吗？"

一城烟火外,也有良人来

1/

那时候,整个圈子都知道袁云爱她,千依百顺的。

袁云那年29岁,在广州的一个小银行做柜员。他是林染见过的最规矩的男人,不逾越,不放肆,没有丝毫杀伐之气,仿佛暗藏一本《言行标准大全》,一举一动都掐着来。

一起吃饭时,发现他顿顿只吃七分饱,热汤凉至80摄氏度,体重则永远保持在135斤左右。

"怎么做到的?"林染好奇。

"就是饮食规律一点,定时运动。"

说来轻巧,但像钟表一样执行的人,太少了。能做到的,都不是什么正常人。袁云就是异类,没有旁逸斜出的欲望,也没有要摧毁什么、成就什么的妄念。

"你简直像个老头儿!"

"是啊,我只想过点儿小日子,也只能过点儿小日子。"

他在29岁那年就过上养生式生活。每天起床,先雷打不动地喝一杯温开水,等着排泄。之后吃早餐。早餐搭配也讲究,蛋白质、淀粉、脂肪、维生素样样均衡,没有一样被落下。

林染有时怀疑,如果空气可以服用,也会被他分类、计算、搭配，研究出一个最佳呼吸方案，并一丝不苟地执行。

但林染，注定会成为他的漏洞。她的到来，如同一朵烟花，"嘭"……在他的生命里炸开。短暂的璀璨，一生的疼。

2/

2015年，林染来到广州，在一家广告公司就职。她有点才，有点姿色，也有一些不合群和恃才放旷。

在广告界，加班是常事。林染从不加班，到点就走，如同一阵风，根本不管事情有没有做完。腾出来的时间，她参加各式活动。

在广州，在蠢蠢欲动的花城里，什么都在发生，什么奇葩都成群结队。只要你有心就会发现，活动太多了，只有你想不到的，没有你见不到的。

话剧演唱会音乐节，桌游密室轰趴剧本杀，徒步自驾高尔夫，甚至夜店交友成人趴……无所不有。一线城市就这点好，任何欲念都有生长的土壤，任何非主流行径，大家都习以为常。

于是，温暖的南方，催生了各种故事。故事里，有爱，有泪，有起伏，有淹没，有荒诞，有苍凉……一切的一切，汇成都市的红尘滚滚。

3/

林染到广州后，怕孤独，潜在一个论坛里，寻着蛛丝马迹加了一些群，一到周末就开始挑活动参加。

有些需要钱。她没钱,就专挑免费的去。

也就是这样,她在经过了一年、参加了十几场活动、见过几千个人之后遇见袁云。

2016年的平安夜前夕,群内有消息:××大剧院三楼将举办假面舞会。人很多,场子热闹。林染看了简介,觉得值得一去。

她郑重地打扮,披长发,染红唇,转了3趟地铁前往现场。进场前,从包里取出蝴蝶面具,戴上,存包,这才入场。

熙攘人群,猎猎香衣,灼灼目光,男男女女都在等着撩与被撩。声色犬马的人间,林染想。

那天到场的,至少有百人。她不认识谁,只好悄悄地溜进去,找个位子坐下。坐下后,因为拘谨,也不搭话。

左边坐着一个戴蕾丝面具的女人,穿一身古驰套装,微胖,腕表好像是卡地亚的,不是她能搭讪得起的人。右边是一个瘦削的女孩,戴花朵面具,穿紧身衣,身材像芭比,也令人有压迫感。

她沉默下来,什么也不说,看着男人窜来窜去,看着女生进来,像石子落水一样,激起一圈涟漪。又一个女生进来,再激起一圈,荡漾着,念头泛滥着。

10分钟后,她依然僵在那里,开始觉得孤寂。无人来,也无人问,这么黯淡无光吗?真是让人灰心。

好在没多久,主持人上场,活动开始了。做了几轮游戏,空气热起来,人开始有了兴致。中途,她也被喊了上去,做"刽子手",任务是用颜料给几个在游戏中输掉的男生画脸谱。

她笑着,拈了毛笔,蘸了水粉,揭去一张张面具,然后,她看到一双眼睛,一双柔软而羞怯的眼睛——袁云的眼睛。

他在面具揭下时,轻轻地说:"你好!"

"你好，林染！"

此后的余年末日里，他无数次这样问候。此后到来的汹涌与对抗中，他无数次这样打开僵局。

但那时，他们一无所知。不知道有些辉煌与磨难，像听着咒语，打开大门，悄无声息地将他们迎了进去。

他只是痴痴地看着她，看着她，什么也说不了。

4/

说起来，袁云不是爱凑热闹的人。

一来对相貌不自信，二来情商低，恋爱没经验，不懂女人心。他总觉得，喜欢的人多是天边人，百转千回之后，到底还是会扑入他人怀。不如不开始，省了时间，也省得心碎。

以他温吞水般的性格，对未来，他也缺乏信心。他一直觉得，所谓日子，差不多就行了。找份工作，相个亲，娶个人，将将就就，无思无想，凑合过完这一生。但遇见林染之后就变了，他开始有了"我要"的想法。

那天的舞会上，他被朋友半是挟持半是怂恿地陪着一起去了。

"美女很多，你去看看嘛。"

他不置可否。朋友说："是不是朋友，是就陪我去！"他终于答应。

就这样，他像个赠品，跟在作为正品出场的友人身边入了场。

坐下后，他嗑瓜子。

友人左右环视，打量满室美色，忽然惊呼："哇，我看到一个大美女！"

说的就是林染。彼时的林染正处于懊恼中，以为自己已淹没于莺莺燕燕之中。殊不知，在某些人眼中只有她，只看见她。

那一晚，袁云的目光一直没离开，他看见她的静，看见她的默然与卑怯，觉得她气质脱俗，与众不同。

她上洗手间时，他与朋友也尾随而去，想凑近些打量。交错而过时，她刚好摘了面具，友人捶了一下袁云的后腰。

"哇，真的好正！"

袁云的生活里，美女的出现概率小。他不熟悉这种物种，也不习惯。当她捧着水粉盒，给他画脸谱时，他紧张得近乎战栗。

他藏在面具里等着她靠近，等着她微凉的指尖触到他的颊，揭开他的伪装，等他原形毕露，等着她凑过来，呼吸可闻……他的脸忽然烧了起来，像着了火，几近于发烫。他走下台，失魂落魄，半颗心已经不在身上了。

友人笑他："喂，袁云，你脸怎么红得跟个猴屁股似的！怎么？看上了？"

"没有的事！"

他竟然不敢认，他当然不敢认。

"行，你不喜欢，那我去了！"

20分钟后，加了林染微信的人回来了。他像凯旋的将军，满脸的志得意满，势在必得。

"我约了她明天吃饭，你也来吧。"

袁云已经冷下来了。某些沸腾静止了，取而代之的是五味杂陈。

"你自己去吧，我不去打扰了！"

"一起去吧，第一次约她，也不知道说什么，你也去的话也可以壮壮我的胆。"

话说得漂亮，但说白了，他不过是要一个参照物。袁云的木讷可以衬出他的机敏，袁云的平庸可以衬得他格外优秀。

但谁能想到，感情的发生与条件无关，与内心需要有关。

5/

之后一起吃了饭。

在一间西餐厅，灯光很暖，洒在人脸上，有软茸茸的触感。

袁云依然是寡言的。他坐在那里，像一个进食机器，缓慢地切着一方牛排，切得小，骰子模样。切完了，摆了一盘，工整又有序。

林染与友人谈到爱好时，他叉起一坨，放进嘴，咀嚼。林染与友人谈到梦想时，他再叉起一块，无声地吞咽。仿佛身旁的你来我往、暗中试探都是身外事，与他无关的。

他将参照物的身份，做到100%的成功。

直到……直到林染说，因为工作失误，今天一个大单飞了，主管斥责，她一时冲动，辞了职。

辞职这种事和分手一样，只有短暂的解脱感，冷静下来，就只有空落落的慌张。

"我又辞职了。"

友人愣了一下，对她的冲动不敢相信。

但袁云却温柔地看了她一眼，似乎并不奇怪，也不苛责，和初见时的眼神一模一样。就这一眼，林染觉得，这人，也许会和我发生点儿什么。

有时候，女人的直觉比各种精密仪器都准确，她们能从一个细节，知道对方是否良人，也能从一个举动，知道对方是否值得托付。

林染不是傻白甜。她情史复杂，虽不是驭男有术，但也是有经验的。她知道，袁云这样的男人不值得攀附，但值得深交。至少，不会受苦。

广州嘹亮的岁月里，属于她的日子始终是低沉沉、虚乎乎的，是最暗沉的那一份。

和其他女孩一样，她不求富贵，只求安稳，渴望有良人在，能为自己托底，渴望晚归时，有灯在亮，有粥尚温，有人在身旁。那个人，当然不可能是夸夸其谈的友人，如果有可能，那种人，更接近于袁云的形象。

6/

第二次见面，她主动加了他微信。

之后的一段时间里，他们并未来往，偶尔点个赞，或者评论一句，和普通熟人并无不同。

她将全部精力都用在找工作上。但找工作谈何容易。一个年轻人想在广州找一份工作不难，想找一份喜欢的、高薪的又能驾驭的工作太难。倘若你有经验，技能出众，职场态度在线，不愁没录用通知。但这些，林染都不够格。

她有经验，但经验零碎，工作都干不长，而且还跨行。她有点小才，但没有可以拿得出手的成绩。至于职场态度，她几近于不及格。她这才知道，如果太任性，现实会对你更任性。

两个月里,她给几十家公司发了简历,收到面试通知的只有3个。而这3个里,只有1个给她的月薪开到6000元。她能不去吗?

是小公司,干的还是教育培训,不是她的兴趣,但她别无选择。

确定入职那天,她发了一条朋友圈:找工作终于告一段落了。但她心里也知道,只是告一段落。于她这样一个女孩,才,不能立身;为人,不能立命;资源与经验,不能立足……这样的动荡可能还会继续,在广州的洪流里,她会一直漂着,没根,没有终点。目前最大的希望是婚恋,可谁能保证,婚恋不是另一种动荡?

朋友圈里有消息提示。

有人回:祝贺你,那就出来庆祝一下吧。

是袁云。这是他添加她以后,第一次发这么长的句子,这也是他的第一次邀约。

1/

约的地方是太古仓的一家饭馆。

他订了露天的座,坐在阳台上能看到广州塔。江风穿堂而过,吹得白色裙裾如云如水。

他早就到了,他穿了蓝衬衣配西裤坐在那里,像刚刚下班的业务员。

她坐下来,感叹了一句:"好美的地方。"

不远处是广州的万家灯火,倒映在珠江中,粼粼而动,如同幻境。音乐在耳边低低回旋,人就有些动情。

他替她点了炖品，白瓷碟里，盛上来一大颗木瓜，已经熟了，起开一块，掏空的瓤中盛着白稠的牛奶和燕窝，甜而糯。他给自己点了一碗炒河粉，还有一盘番薯叶。

整顿下来并不贵。不过100多块的饭局里，一大半的钱都花在她的甜品上。她见识过人心凉薄，关系潦草，她知道自己正在被厚待。

不知怎的，说到了往昔，她问："你谈过几个女朋友？"

他说："什么叫谈过？"

她瞪了他一眼，不想接话。但她不知道的是，他是真的情史简单，这不是"套路"。

"你呢？"

她沉默了一会儿，抬头，眼睛灼灼而亮："你真的想听？"

在太古仓的暮色里，在名词一样温良的人面前……她想，或许一切都是可以放心的。

她说起了自己的过往，她地狱般的往昔。

8/

来广州之前，她曾在山东工作，无意中遇见一个人，劈头盖脸不依不饶要和她在一起。

"我爱你，我愿意为你做一切事。"

她被那种热情烧昏了头，不辨是非，也看不清善恶，答应下来。

谁能想到，这是一个恶魔般的人物。他控制林染的生活、工作，他翻看她的手机，追问每一个名字，他删除她所有异性好友。

她质疑:"你有什么权利这样做?"

他冷笑:"就凭老子睡过你!"

她试图反抗,激烈地与他争吵。

他开始暴怒,变成易燃品,变成嗜血的兽,他打她,疯狂地、狠绝地、不留余地地,拳头如冰雹,落在她的头、背、腰、腿……她倒在地上,一声不吭,逐渐感到呼吸困难……

他绷直他的腿,蓄了全身的力气,向蜷缩的她继续狂踢。

她躺在自己的劫难中,动弹不得,奄奄一息。她不觉得疼,只想死。是的,只想死。

她积攒了最后的力气,忽然站起,猛地向墙壁冲过去,却被他抱住。

他发泄完毕,只剩下一具软弱的、哀愁的皮囊,不再有力气和愿望施暴。

她已经不哭,不再挣扎,也不再叫喊,只是躺着,像被剜掉心脏的比干,面如死灰。他涌出一阵阵愧疚,他抱着她哭,泪水滂沱,不能自制。他说对不起,自己罪该万死。他说有时间带她去看看一身的伤……他叫来外卖,将稀饭一口一口地喂到她的嘴里去。

她终于掉下眼泪。面对暴力时,心软就是默许,就是为施暴者开绿灯。她来不及想清楚这一点,就已经带着一身血痕与他和好如初。

但事情的走向没有因为她的宽恕走向花好月圆,反而因为她的软弱,往深渊里不断坠落。

此后,因为一些小事,他将她再次打伤,比上一次受伤更重——她进了医院。

出院不久，她戴着满头纱布秘密地搬了家。但他还是在她的公司楼下堵到了她，逼她把他带到了新家里。

她哭着说："我有了新男友，你不要再来打扰我了。"

他几近于歇斯底里，将她的脸抠出道道血痕，怒吼着："我要毁了你！"

在他打累以后，她找到空隙冲出家门，她在大街上像疯子一样奔跑。

警察来的时候，她满脸血痕，撩起上衣，肚腹如乌蛇。所有人都倒吸一口气。他在警局里许诺，要远离她的生活，但一回家，就又看见他站在巷口，像什么事都没发生一样等着她回来。

她想同归于尽。在暗夜里，等他睡着后用烟灰缸砸向他的头。他惊醒，面目狰狞，飞起一脚踢向她的脸，她感到鼻血喷溅，但不疼。人一旦心死，肌体的敏锐度真的会大大降低。

他又扑上来，继续拳脚相加，继续扯着她的头发，一边骂脏话，一边往死里打。他把她从地上拎起，又打回地上，复又提起，再次踢翻。他抠住她的腮帮，使劲往两边撕，他说要撕烂她的脸。他揪起她的头发，把她的头一次又一次地往墙上磕，磕完了，拉回来，再磕。往复循环，已近癫狂。

她瞥见卫生间的镜子上，两个血人凶光四溢，濒死的人，大概就是这样子吧。

后来，她又报过几次警。但调解之后，状况依然如故……

"你知道绝望是什么感觉吗？就是与世隔绝，没人看见你，没人知道你正在翻来覆去地死亡……"

她开始想到绝路。游泳的时候，她放任自己沉入泳池，想一了百了。但所有的泳池边都有一个救生员。她没能"如愿"。

更可怕的是，她竟然好像"爱"上了他："我不知道自己是病了，还是受了控制，竟然很爱他。只要他在，他继续打我，好像也可以……"

可怎么可以呢！

她已经有自残的迹象，并且逐渐激烈，就好像一种接力，他停止施暴，她就接了过来，继续对自己施暴。对别人有多恨，对自己就有多狠，她抽自己耳光，击打自己的身体……就像对待一个敌人。

任何一个受害者，从来都不是真正接受暴力。他们只是转移为一种潜意识，认为自己是肮脏的、污秽的、有罪的，理应被惩罚的，只有在被恶凌迟时才能少一些痛苦。

但事情没有完。生活从来没有真正的句点，折磨犹如余震，一波又一波。那一年里，她搬了3次家，但每一次都被找到。她继续她的受虐、绝望、挣扎、和好、继续受虐……

到后来，她的亲友终于知道了。他们尝试着与那人谈话，勒令他离开，但他依然出现。没有办法，朋友们只有对林染说："走吧，去别的城市吧。"

9/

林染就这样逃往广州。

在广州的新天新地里，她觉得，温暖的南方一定能让伤口愈合得快一点，破碎的都能重建，被摧毁的或许都能重新开始。

"你是不是觉得，我为什么不早一点逃？"

林染继续说，她的声音是平静的，但泪水却已滂沱。

"真的很难，他每次打我之后都会加倍对我好，我贪恋那点温柔,一直没勇气真正离开,以为再也没有下一次……"

袁云坐在她面前,同样湿了眼睛,他看着她,给她递来纸巾,一张又一张:"你受苦了!"

那天夜里,袁云做噩梦,梦见林染被人追杀,浑身是血,跑到他家楼下,他满心揪痛,疯狂冲出门跑下去,替她挡住那些乱刀。后来,他一身伤痕,她已经无法睁开眼睛。

他被噩梦惊醒,一身冷汗,在午夜时分想念林染,百转千回后,却只在微信里发出四个字:"林染,好梦!"

他不想告诉她这种不祥。

直到许多天后才说起,讪笑着,说梦是反的,不要紧,不要怕。但林染已经懂了,在他的潜意识里,倘若伤害来临,他也会俯下身去替她挡住刀枪,挡住风霜雨雪。

她已经眼中有泪光,她伸出手去,抓住他:"袁云,你喜欢我,对吗?"

他说:"是。"

"可我什么都没有……"

"我不在乎。"

他全部接纳,接纳她的贫困、她的过往、她极度匮乏安全感的性格、她的冲动与任性。

在一起之后,她越发觉得他们是天差地别的两个人。林染晚睡晚起,不上班的时候能一整天赖在床上,有时一天粒米不进,有时又一天吃五顿。而袁云每天6点起,事事有规矩,顿顿有规律。

"袁云,你不觉得我们是两个世界的人吗?"

"其实是一样的。"

"哪里一样?"

"对彼此的需要是一样的。"

他看着她,脸色温和,温和到近乎有暮气,像个老者,阅历千帆,荣辱不惊。

她搞不清,这样年轻的身体里,为什么住着这样苍老的灵魂?但她需要这样的稳妥,她吃够了动荡的苦,知道安稳二字千金难买。稳妥,意味着安全,安全才会自在。

10/

有时,他陪她走烟火弥漫的长街,路过臭豆腐摊,油花滚滚,臭气袭人,路人纷纷掩鼻而过。

袁云也跟着掉过头去:"像大便。"

她知道他不喜欢,故意跑过去买上四小块,浇上酱汁、蒜末、葱、姜、香菜,吃得吧嗒响,一边凑近他说:"你爱不爱我?"

他说:"爱。"

"爱我就吃掉它。"

他无奈起来,讨价还价:"吃半块行不行?"

"不行,吃一块!"

几乎没有犹疑地,他闭上眼睛,用牙签挑了一块,捏着鼻子,视死如归地吞下去。

这种小试验屡试不爽。他那么听话,那么宠溺,不管她的提议有多荒唐,不管他对臭豆腐有多深恶痛绝,只要她说,他便做。

她笑着,觉得他是上天给她的补偿,是为她的千疮百孔所做的弥补,像巧夺天工的裁缝一样缝合她的伤口,慰藉她的长夜荒凉。

因为有了信心,林染的才华终于发挥了出来。她开始看见他人,她开始去承担、去学习,逐渐成为公司顶梁柱。月薪也从6000逐渐涨到了20000,不久后被提拔成了主管。

有时候,她加班,袁云就在公司楼下等,他手里时常提着一罐馄饨或者一根玉米。她好像只要见到他,就有温暖扑面而来。

忙不过来时,他也帮林染做方案:"你去睡,别熬夜了,我来帮你做。"一觉醒来,方案已经完成了,工工整整,一个标点符号都没错。

她有时想,上天待她终究不薄。她甚至想到了余生,想到了穿嫁衣,戴凤冠,嫁入袁家,成为他的妻子。她还想到了孩子的名字,如果是男孩,就叫袁点,女孩就叫袁梦。他是她幸福的原点,他圆了她的梦。这些,她都没有告诉袁云。

她微笑着,陪着他一起把庸常的日子活色生香地过下去,不疾不徐,不浮夸也不慌张。

有时,他们一起去参加朋友聚会。聚会上,闺密大惊:"林染怎么会选择你?"

林染是惊艳的,在人堆里太拔尖儿。但袁云就太不起眼了,不高也不矮,不胖也不瘦,不开朗也不沉默,不出众也不猥琐。就是平凡,平凡得就像批量生产出来的肥皂,淡黄寡味的一张脸,行事与言语永远中规中矩,永远没有悬念,今天是这样,明天是这样,一年两年十年……永远是这样。

但林染就需要这种不变:"我喜欢,那他就是举世无双的那一个。"

饭桌上,林染要了一点饭,吃了一口就饱了,于是习惯性推给袁云:"我不要了,你吃吧。"

袁云也习惯地接过来，将她吃剩的饭倒入自己碗中。

满座皆惊，"现在我才知道为什么林染……"

回来以后，袁云把一个房产证交给她，说他在番禺买了套小户型，今年就能交房："过几天，咱们去加上你的名字，你就有家了。"

林染的眼泪"唰"地就下来了。

她是红尘中摸爬滚打过的人，太知道钱的重要性了。她知道，一个男人赌咒发誓要为你去死，不一定是真的，他若是能在房产证上加名，你就能放心地跟他走。

那时候，城市在落地窗前就像一张发光的大地图，路途通畅，一路光明。似乎一切都清晰明了，此后再没有悬念，也没有险境。但日子啊，谁又能说得准呢。

"这个周末，我们一起去韶关见见我妈吧。"

11/

袁云在单亲家庭长大。父亲早逝，母亲将他一手养大成人，他体恤母亲的辛苦，凡事顺从，不忤逆。加上母亲的强势，也容不得他反抗。也正因为这种家庭，他变成今天的模样。

林染知道，此次见面非同小可。她非常紧张，也非常郑重。

从广州启程的时候，两人去了某个大牌会员店挑了一堆保健品，之后再开车到韶关。

抵达时已是傍晚。

他们停好车，拎着礼物，忐忑地进了门。门里站着一个小个子妇人，不说话，先把林染从头到脚、从脚到头睃了几遍，林染有点发窘。

袁云说:"妈,她是林染。"

女人脸上没有悦色也没有愠色,只是客客套套地:"来啦?坐吧!"

晚餐已经备好了,是典型的广式家常菜。林染坐在那里,拼命地称赞袁母手艺好,要向她多学习。饭后,主动去洗碗,打扫餐厅,希望能获得好印象。

但她不知道的是,当天晚上,在她入睡后,袁母把儿子叫下来,说:"这女孩你不能要。"

"为什么不能要?"

"一来,太漂亮,不本分,以后必惹事端;二来,她一定遇过太多事,一脸苦相,心态不平,少惹为妙。"

袁云听得五雷轰顶:"漂亮的不行,非要娶丑的吗?哪里苦相了,你也太自以为是了。"

他从小被驯服,在母亲的命令里循规蹈矩地长大,这一次,他想做一次自己的主。他说:"我就是要娶她,我喜欢她,没她不行!"

母亲不置可否:"我的态度就是这样,我不接受她成为我袁家的媳妇。"

袁云立即颓了,如同商场门口的气球人,被放了气,蔫头耷脑,摆来摆去,一点力气都没有。

他讷讷着,说林染的百般好,说他们相处不易。

但袁母什么都不听:"你如果心里还有我这个老娘,就听我一句,我不会害你的。"

那晚他整晚未睡。他想过了,这一生,他除了林染,谁都不娶。他爱她,需要她,更想照顾她,所以他必须说服母亲。

将林染送回广州后,他在第二个周末,又悄悄回了韶关。他要和母亲谈一谈,让她接受他与林染的婚事。

谁能想到,这一次,等着他的是一场相亲。

"你来得正好,今天陪我去吃个饭。"

到了饭店门口时,袁母才告诉他:"其实今天是带你来相亲的,是你单位赵伯伯的女儿,刚刚毕业,在广州的上市公司上班,条件非常不错,你可别不识好歹,给我好好表现!"

他被挟着进去了,坐在那里,不声不响,不闹不笑。

那是一个圆脸的姑娘,胖乎乎的,坐在袁云身边。

他一直没仔细看过她。吃饭时,他注意到搁在饭桌上的那双手,厚厚的指桩上,钻着几个深邃的肉窝。他又怀念起林染那指节险峻的手来,一根是一根,瘦得叮叮作响。

整顿饭他吃得心不在焉。他想必定没有下文,因为整个过程里,他和她都没说过几句话,也没有什么细节可供回味。

但过了几日,他母亲说,人家家里已经商订好订婚日期了,就是下个月1号。

他能反对吗?以他那软泥似的性情、软泥似的行事方式,他反对得了吗?他扛得住母亲的威逼,但扛得住一哭二闹三上吊吗?

"林染一个外地人,有什么好的,你娶了赵伯伯的女儿,提拔不是更快?这个婚,你结也得结,不结也得结,否则你就等着气死我吧……"

他内心缭乱,分辩一句能换来母亲十句。最终烦不胜烦:"行了,我走了。"

回广州的路上,灯火从车窗外次第流过,他的眼泪掉下来。他想到林染,想到林染的苦、林染的挣扎与依赖,他逐渐泣不成声。

那晚,他们在一个小酒吧,对着小烛台,用青釉碗喝桂花酒,老马灯在玻璃罩中养着一团幽光,有人抱着吉他在吧台歌唱。

他说:"林染,如果有一天,我负了你,你会怎么样?"

林染睁大眼睛看着他:"什么意思?"

他将母亲的反对,以及这场相亲,原原本本地告诉了她,他说:"对不起,我妈太难了,我没办法不尊重她。"

"那你就能负我?"

他两方都负不得。

12/

两天后,他母亲从韶关来,也住进他家,当面锣,对面鼓,要给林染百般好看。

有天林染下班回家,发现她的衣物与用品都被打包好了,放在门口。

门关着,她敲了半天也没人回应。她打电话给袁云,袁云一无所知。林染知道大势已去。她拖着巨大的行李箱,穿过熟悉的花圃,穿过小区大门,离开那个曾寄予希望的家。

人在世界面前是如此束手无策,一如他的顺命,她的卑微。

离开时,她对袁云说:"袁云,我等你给我一个交代。"

但袁云选择了一种最愚蠢的办法来应对——他躲了起来,除了工作,不再见任何人,包括林染。他原本就社交少,现在近乎自闭，他要用这种自虐、自毁来表达他的抗议。

那一段时间里，他因为对母亲的愤怒、对自己的愤怒而吃得很多，什么热量高吃什么，一扫从前的克制，无所顾忌、不懂节制。他迅速发胖，两个月之后，他的体重已经190斤。

林染看着他，看着这个累累叠叠的大胖子，连先前眼睛里那点善良的灵光都没有了。那就是一团肉，委顿的肉，苍黄软腻的肉，往绝望里不断匍匐前进的肉。

她愣了好久。

天空落下雨水，有几滴沾在她脸上，冷而湿。她忽然觉得心中也好冷。好像那些雨，一直下到了心尖上。

13/

2018年7月，袁云自杀了。

为了这场自杀，他准备了很久。他内心坚决，一个人拖着庞大的身体，穿过无数好奇的眼光和毒辣的嘲笑，每天挪到医院去搜集药片。

半年之后，他攒够了一大瓶，选了一个周五的晚上写下遗书。遗书上只有三个字：对不起！之后，他吞下所有药丸。

但谁能想到，不知是心有灵犀，还是袁云命不该绝，那一天，林染无来由地感到周身不适，坐也不是，立也不是。总觉得有什么事在催着，在赶着，在潜意识中尖叫着，弄得她心慌不已。

那时，她和袁云已经一年多未联系，但她的第一个念头就是：是不是袁云出了事？

打电话不接，发微信不回。她马上开着车去他的小区找他。

按门铃没回应,继续打电话到单位,没加班。又打了一轮电话给朋友,还是没消息。她知道大事不好了。

她果断报了警。警察破门而入时,距离袁云服药已经过去2小时。救护车也随之而来,之后,袁云被送到医院,洗胃,治疗。

3天以后,他终于醒来。

醒来时,林染就在旁侧,她温柔地说:"怎么样,感觉如何?疼不疼?难不难受?"

他看着她,眼泪滚滚而流:"对不起,林染。"

她说:"别说傻话,没什么对不起的。"

"我没有订婚。"

"我知道。"

"我妈走了,她其实同意了,但我觉得亏欠你,没敢再去找你。"

"嗯……"

"林染,你好吗?"

"挺好的,我又升职了,现在是公司的股东了,存款比你都多了……"

"还能重新开始吗?"

还能吗?林染不知道。

他们相对无言。他看着她,用所有的力气看她,想用目光将她包裹、凝结、贮存,做成琥珀,或者蜂蜡中的药丸。

再度醒来时,已是晚上11点多,林染已经走了。台灯开得低低的,清茶泡好了,橘子剥开,一瓣一瓣放在桌畔,还有她煲的一罐汤——墨鱼猪肚,他曾经最爱的。

他满心酸楚,给她打电话,明知道她早就睡下了的,但还是打了。果然没人听，眼泪又下来了。

造化弄人。他曾因软弱辜负了一颗真心，如今，从死亡的深渊归来，才知道什么才是生命的重中之重。

次日出院，满地白光，他正准备打车，没想到医院大门外，林染就站在那里。她来接他回去。

窗外，广州又是春天。满城花开，木棉如火如荼。

他坐在副驾驶座上，一声接一声地叫她的名字："林染，林染……"

他们都是死过的人，她死于往事，他死于自毁。她活过来时，他在身边；他醒过来时，她在眼前。这一世，他的命是林染救的。

这捡回来的光阴里，他发誓，他将用全新的姿态，为林染而怒放。他要成为她的盔甲，护她，爱她，也要成为她晚归时的灯，一直温着的粥，在余生里等候的人。

"所以，去哪儿？"

"回家，我给你做晚饭。"

"做饭？"

"做一生的饭。"

 **不如我们从头来过**

1/

午后,他坐在办公室里,正在一堆杂事中周旋,忽然接到电话。

"晚上来吃饭吧。"

他正要拒绝。作为一个科长,上有上的命令,下有下的安排,几乎无法脱身:"算了吧,我一堆的事。"

"南回来了。"对方沉默半晌,到底还是说了。

他愣在那里,像是忽然有风雪袭来将他冻住,也像忽然失智,听不懂汉语,听不见人声,需要很长很长的时间,来消化这四个音节。

"南回来了……"

上声,上声,上声,轻声,这四个声调,平平无奇,却有如惊雷,震得他不知所措。

整个午后,他都在恍惚中度过。

20年过去了。20年,茫茫人生,有如荒野,荒野上,风来风往,无人知道有座碑,住着一个未亡人。

2/

那一年,南分配到小城,成为他的同事。

办公室一共4个人,他最年轻,但为人活络,迎来送往,八面迎客,被极其看重。她刚大学毕业,一身书卷气,端起酒杯时,连婉拒都不会,满脸涨红,站在那里,不喝也不放,话又说不出,眼泪都快出来了。

他站起来,说:"领导,程南刚来,不太懂规矩,我替她喝了吧。"然后将她的白酒接过去,一饮而尽。

"小牧可以啊,还懂得英雄救美了……"哄笑声,总算化解了尴尬。

这次的解围令他们熟了。

南说:"你那时像个英雄。"她送了他一大串香蕉作为谢礼。虽然年轻,但心存感恩,回馈他人还是知道的。

没想到,这成了礼尚往来的开始。他回了她一箱牛奶,她不好意思,又送了两个罐头。他买了一袋苹果,再之后,杨梅熟了,桃子甜了,橘子红了……都有一份新鲜欲滴的,默默摆在她桌上。

这样的开端与善意有关,与暧昧无染。清清白白的往来,谁也没觉察出异样。

但一个月以后,有点不对劲了。只要她上班,他连早餐都从食堂买好。怕有油,还用牛皮纸垫了一下搁在她桌上。老油条炸至酥黄,豆浆加了糖;烧饼里面有酸菜干,特别香;大肉包子一口下去,浓香满嘴……

有时是一碗米粉,微辣,上面铺着木耳炒肉,还趴着一个虎皮蛋，沟壑密布的黄皮，一咬开，舌尖激爽，味蕾顿时直入云霄。

都是她最爱的味儿。嘴里的味儿是对的，心里的味儿却不对起来："糟了，还不清了。"她在心里惊呼，事情好像已由"不想欠人情"变成了"我想有关系"，由"还礼"变成了"示好"。

其他人也察觉出了异样，有时要给一个文件，会让他们互相代交。

"李牧，你帮我把这个给小南。"

"程南，你通知一下李牧下午3点开会。"

周末的时候，她回老家，竟又见到他。他坐在隔壁院子里和大伯聊天。看见时，彼此都有一瞬间的愕然，心突兀地跳。

之后在小路上走了走，她说："没想到你住这里，也没想到你是大伯的学生。"

他讷讷了一下，说："没想到好多事……"

其实都是些闲话，但因为动了心思，寡淡的言行也不自觉反复深究，像回甘无限的食物。

3/

生活从此变得很蹊跷，上班变成冒险，因为办公室有那个人。看书的时候，有人在字里行间；在屋子里走来走去时，有个影子在心头，在背后。

他们不再孤独，只是怅惘，仿佛不知不觉间，自己变成了一颗行星，围绕某个点，不动声色地运行。

一转眼，小城进入冬天。

她骑着自行车一个人去办事。天色近晚，暮色急剧变幻，风越加地紧。

路上有人惊呼:"下雪了。"

一抬头,雪片大朵大朵地飞。

办完事返回时,雪意渐浓,人迹稀少。路灯穿不透厚重的雪花,视野一片蒙眬,一不小心,她的自行车打滑,连人带车撞到了旁边护栏上,周围冷寂无人。

剧痛袭来的时候,她坐在雪地中龇牙咧嘴地哭。很久以后,终于缓了些,站起来,找了个电话亭,插入IC卡,给一个女同事打电话,让她来接她。

10分钟后,他来了,一路狂奔地来。那么大的风雪,那么冷的天,他却像刚出锅的馒头,整个人冒着热气,蒸腾着,汗水直流,看到她,声音都哑了:"怎么会这样……"

她还没来得及说话,他就蹲下来,二话不说地替她拂去满头白雪,将自己的帽子、围巾取下来,替她一丝不苟地戴好帽子,围好围巾,然后把车扶正撑好,把她抱起来,放在后座,一步步推着车,他穿过莽莽雪幕送她回宿舍。

半城风,半城雪,半城灯,像一个八音盒,将他们含着,定格成温柔的琥珀。寂静的夜里,他的脚踩在雪地上,咔嚓,咔嚓,比世间最美的乐章都动人。

她看着那一串弯曲的、深浅不一的脚印,只想这条路永无尽头,这一刻能长些,再延长些,延长至风雪深处,延长至时间的末端……

当天晚上,她感冒了。人像一只漏了气的皮袋子,连骨头都是虚的,脚也肿得惊人。人一病,脆弱感倍增,对他人的善意就格外上心,而他的雪中送炭,更显得恰逢其时。

他请了假,一直守着她。

整个白天,她昏昏沉沉地睡着,什么也没吃。到了夜里,精神好了些,说想吃苹果。

时值深冬,又是半夜,小城万籁俱寂,路灯也熄了。一地积雪,天黑路滑,一不小心就会摔跟头。他二话不说,打着手电筒,耸着肩,在雪地里跌跌撞撞地走。走遍半个城,到处关了门。一直走到中医院旁边的水果摊,总算找到了还在营业的。

买好返回去,削皮,切成小块,一块一块地喂给她。她挣扎着:"不用喂,我自己吃。"

他不由分说:"张嘴啦!"

她不张。

他无奈,正准备放弃,忽然笑了:"不张,那我吃了?"

她说:"好。"

他含了一坨,半咬着,忽然凑上去,唇抵着唇,喂到她嘴里。

她羞涩难当又无力拒绝,没办法,只好吞咽。汁液穿喉而过,从某个罅隙渗入,流入全身每个毛孔、每根发丝,都是甜的。

4/

病好后,两人就在一起了。

在单位时,假装什么都没发生,到了二人世界,就乐不思蜀。

他们玩真心话大冒险。

她问他:"你是从什么时候开始打歪心思的?"

他说:"见到你的第一眼。"

她不信,说他说谎,要惩罚他,用口红给他抹了个大红唇。

他哭笑不得，只有苦中作乐，睁着一双小眼睛，嘟着夸张的两条唇："我美吗？"把她笑得前仰后合。

他扑上来，在她脸上蹭："哈哈，你也变花脸啦……"两个人站在镜子前，比着肩，一抽一抽地笑，笑得上气不接下气。

"你好傻！"

"你才傻！"

"你好丑！"

"你才丑！"

他们恢复童心，变回孩子，将每日生活都玩得花样百出，妙趣横生。他们互相取绰号，互损，扮小丑，扮怪物，恶作剧……

有段时间，他为了逗乐她，发明了一系列怪诞的出场秀——有时是滑稽的四小天鹅舞；有时是模仿皮影，手一点一点，脚一踢一踢，下巴一磕一磕；有时则趴着腰，撅着屁股，倒退着跳到她身边。

冬天的夜晚，他们在街上散步，突发奇想地换外套穿，他穿她的红色羽绒服，她穿他的夹克。后来，他居然成功地把自己塞进去了，像一管大火腿肠。为了掩饰身份，他用大毛帽埋着脸，低着头，挎着她的手臂，十分夸张而妖娆地扭着屁股。她笑得简直要神经错乱。神奇的是，走了半个多小时，居然没有路人认出他是个男的。

她问他："什么是爱情啊？"

"爱情就是两个人在一起，不管做什么，都很开心吧。"

之后，小城的胡同、点着灯的面摊、街边的羊肉馆、单位的宿舍楼，都轮着番儿记录他们的进程。他们越来越好。

都是被命运用工笔勾勒的人，有美貌，有玲珑心，碰在一起，步步生景,处处是春意。

他曾想过,将来提拔了,涨了工资,再借些钱,在小城里买一所房子,种上满院蔷薇,和她在一起,晨起饮茶,夜里看星星。

她也想过,要为他生儿育女,侍奉公婆,还要养一只老黄狗,相亲相爱,朝斯夕斯。

5/

那时候的程南,像钨丝通了电,又像棉花糖机摁下了开关,又明亮,又柔软,又甜。

他们在路边摊吃面,四面无窗无墙,北风呼啸,但相对而坐时,胸中就有暖意万千。

他将浇头都夹到她的碗里:"我不喜欢,给你吃。"

那么好的胃口,怎么可能不喜欢——程南的面汤,他都能喝得一滴不剩。

她看在眼里,知道这是用了心。她滗干了汤,把面留下来,推给他:"我吃饱了,给你。"

冬天的夜晚,他送她回家。他们穿过小城的夜色,月亮像一个触手可及的理想。

她笑,一直叽叽喳喳地说,和他谈未来,她的,他们的。

"李牧,我妈问我什么时候带你回家?"

"今年春节好不好?"

到了宿舍门口,她一步三回头:"再见,李牧。"

回头看见他,舍不得,又跑回来,扎入他的怀里,再依依转身。

"再见，李牧。"

第一次告别，无限缱绻尽在其中。

可是，一年以后，当她再开口告别，一切都已物是人非。

"再见，李先生。"无限憾意说不尽。

6/

程南那时还不知道，李牧是卑微的、沉重的，而他又是不甘的、野心勃勃的。两种质素的相加，会令他身上具有一种极其励志的气质。它会接近于希望，闪亮而迷人。但这种"希望"，往往也带着"佛挡杀佛、魔挡杀魔"的势不可当。你可以说这是决心，但在爱情中，它极易成为杀气。

李牧那年26岁，一心想着提拔。他家境赤贫，底层出身，考学，端上铁饭碗，吃上公粮，他是整个家族的希望。他必须光宗耀祖，成为人上人，成为整个家族改变命运的契机。他早已不是为自己而活。从年少到成年，他一直都是紧绷的，像一个大人，像一座山，像一张随时拉满的弓。

只有程南，只有在程南身边，他可以放下目的，卸下盔甲，恢复成至纯至真的样子，去享受人间欢娱，看见他人和自己。

有一回，他们去附近一个古镇玩。时值深秋，远山极淡，像天空悬挂的一角丝巾，几乎能被风吹动。那是徽派老村落，有小桥流水，白墙黛瓦，花浓树茂。

他们经过一树银杏，极艳，倚在古屋下，托着金色的阳光。一树灿烂，一树秋，程南喊："李牧，快来看，这么艳黄的银杏叶，我们捡一些回去做书签……"

一转头，他竟坐在石块上发呆。她以为他累了，乖乖坐在一边，靠着他，看了会儿云。

"要不，我们回去吧？"

程南不清楚的是——就在前几天，李牧接到电话，他父亲在工地上做小工，从脚手架上摔了下来，当场腿部骨折。

他赶到医院。他须发斑白的父亲躺在那里，令人触目惊心——老人憔悴又委顿，身上还穿着污垢斑斑的衣服，头发衣褶指缝里都是泥。他已经50多岁了，生活的艰辛还没有半点儿放过他的意思。

他在病床上坐立不安，用手一下一下捶着床沿，不断地嚷："我没事，不会残的啊，我不要治，不要治，我要出去啊……家里还有3个孩子要读书……"

李牧内心大悲大恸。这个家，这个破碎贫困黑暗卑微无望的家，已经没有人可以支撑了。他的肩膀还弱，但只有他勉强能扛起一家责任。

他说："必须治！"

父亲发了火："你再逼我，我就喝乐果死掉……"

母亲当场泪如雨下。她扶着墙，挪到外面长椅上，用肘部打着补丁的衣服，无声地擦拭永无止境的泪水。母亲还不到50岁，未老先衰，满脸皱纹，佝偻瘦削的身躯里，全是沉甸甸的压力。

这些，程南都一无所知。她虽然也是小镇姑娘，也穷，但还好，过得不苦。父亲开了间杂货铺，母亲做裁缝，虽然也没什么钱，但不像李牧那样遍尝人间辛酸。

从古镇返回的车上，他们坐在最后排，他忽然趴在她的腿上，一抽一抽地哭："程南，程南……"

她抚着他的肩，柔声问："怎么啦？"

"没什么。"

他坐起来，望着窗外，忽然想到一个词：不顾一切。他必须不顾一切！不顾一切去改变命运！他没有退路，这个家，他必须扛起来！死也要扛起来！

转头的时候，他望见的是一双只有他的眼睛。

"记得，不管发生了什么，我在你身边。"

1/

程南一直以为，自己的余生里，无论生死还是闲愁，都会与李牧有关。他会给自己一个最好的交代，这简直是一定的。在她看来，爱就是天下无敌的力量，什么都可让步，什么都要为它退位。

可李牧已经是一个大人了。大人，意味着他的现实里，会有很多的低头，很少的执拗。也意味着，爱只是他的选择，不是他的全部。

之后，他更加繁忙。

母亲回村了，要照顾弟弟们，而照顾父亲的责任就落到了他肩上。他提着旧式饭筒，丧着脸，垮着腰，穿过小城逼仄的小巷、苍灰色的天空，给躺在医院的父亲送饭。

背影里，早没有少年意气，只有早早向生活投降的颓唐。独自无人时，李牧已经不会笑了。他的叹息越来越重，越来越频繁。

这段时间，他从早上6点忙到深夜12点，脚不沾地，疲于奔命，只想快点儿晋升。所有上级的差遣，他去；所有该他做的，所有不该他做的，他做。

提拔也是急不了的。他没背景，没关系，谈何容易。也没到换届之时，突然之间，怎么可能来一场人员大变动。最快的方式就是婚姻。

没多久，不知是他找了人，还是他确实会做人，有人向他抛出了红绳，那人问："李牧啊，结婚了吗？"

他低头，笑："陈局，还没呢。"

"小伙子可以，这个星期天有时间吧？来我家吃个便饭吧。"

机会来了！

去的那天，他没有买烟酒，毕竟是家常饭，太正式了也不好——在为人处世上，他的确无师自通——只买了一点儿上好的水果，换上最好的衬衫和西裤，洗了头，打扮得清清爽爽，敲响陈局家的门。

门里头，是一个寻常家宴，也是一个相亲局。

饭桌的另一头，坐着陈局的女儿，圆脸，圆眼睛，也是好看的，比程南更显温柔，但少了一点程南的灵气。

李牧分寸极好地敬酒，说场面话，应对种种寒暄和问题。

酒过三巡，陈局忽然说："李牧啊，你今年26岁对吧？我看你和我女儿年纪也相当，你俩可以多了解一下……"

这种话，木讷些的年轻人可能听不出。但李牧是谁？天真处天真，精明处精明，糊涂处糊涂，心有七窍，自带生存智慧，当然知道话中深意。

他愣在当场，不知该如何应对。

他与程南的事情没公开，几乎无人知道。同事玩笑归玩笑，真正知道这场恋情的，没一个。

他是该和盘托出，还是该隐瞒不说？一转念，又觉得自己太紧张。陈局的话,也没有说得太明白,他就当场面话听听也无妨。

他应允下去:"能和颖颖交朋友,也是我的荣幸。"

谁知,事情的发展比他想象得更快。当天晚上,陈局直接安排了他们次日去看电影。

这是他后来知道的——陈颖是早见过他的,去过他单位,与他打过照面。他没印象,她却念念不忘。李牧,卓尔不群、才高志满的李牧,彼时正沉迷于程南的温柔乡,谁都没放在眼里。

但,程南的父亲在乡下卖杂货,而陈颖的父亲是陈局。李牧被架起来了,去,还是不去?

到底还是去了。

多年后,他回首往事,觉得事情的转变应该就是从彼刻开始的。退一步,他与程南执手一生;进一步,他就会松开她的手,牵起另一个人的。

他进了,进了另一扇煊赫的门,另一个女孩的生命。

8/

而这一天,是程南25岁的生日。

一下班,她就在宿舍外面的走廊里,点了煤炉,架上一口锅,炒了白菜,煎了豆腐,熬了墨鱼汤,等李牧来庆祝。

单位有食堂,她几乎不做饭。有这样的好兴致,只因她想提前预演,在余年末日里,在堂前灶下,为他煮一日三餐,等着他归来,拈着提盏,品咂这凡俗的幸福。

但6点了,他没来,菜快要凉了。

程南有些着急,几次走到走廊,趴在栏杆上,看他有没有出现。

7点,还没来。

暮色四合,灯火次第亮起。隔壁的唤饭声也一一停了。她坐在15瓦的灯泡下,等得越来越焦虑。

深夜10点,他依然不见人影。

她开始难过,觉得被遗忘,被不在乎。

直到晚上12点多,他带着一块小蛋糕来了。

开门的时候,她直接生了气:"你去哪里了?"

人在乎了,就难免有委屈。一委屈,往往态度就很激烈,但只要懂得那些张牙舞爪背后的疼,情绪就能消解。

李牧不懂,或者说,不想懂。他也陷在自己的困境中,自顾不暇,没有多余的注意力和自控力去消化程南的挑衅。于是,他一扫平时的温和,冷冷应声:"没去哪里。"

她陷入情绪的黑洞,只想要他看见她,感恩她所做的一切:"今天是我的生日……"

又说:"我从来不做饭的人,今天早早去了菜市场,买菜做饭,都是为你,你居然这种态度……"

他已经有些愧疚了,但想到医院里的父亲、满身补丁的母亲,态度依然软不下来。为了合理化他的劈腿,他开始撒谎,说加班,说不由自主,说他也不知道今天是特殊日子……

她当然不接受这样的说辞,更根本的,是不接受这样的态度。

争吵愈加激烈,吵到后来,蛋糕散了一地,满地碎末,看了更加糟心。

他摔门而走。夜色被这一声摔门声摔得四分五裂。程南在屋子里崩溃痛哭。有些路途,自此已经确定了。

那个漫长的夜晚之后,他知道,他终将成为她的局外人,而她,也会成为他心口的刺,一碰就疼。

他没有办法。他的身后,有一地狼藉的生活等着他去面对……

"我不能太自私。"现实的牙,一点一点地嚼碎了脆弱的承诺。

她却一直不知情。当她从恋爱的云端坠落到坚实的地面时,她发现,一切早已空空如也。原来她早已失去,只是离别尚未来临。

9/

她坐在办公室里,看着咫尺之内的人,却什么都无法说出口。

她想问:"为什么,为什么不再理我?为什么忽然这么冷漠,像个陌生人?"

他不给这样的机会,他拒绝沟通,也拒绝四目对视。

上班之于程南,变成了销魂蚀骨的煎熬。

他始终没有说出"我们分手吧"。他所受的教育,没有教会他去好好告别,去解释,去道歉。他想的是,大家都在一个单位,不想弄得太难堪。他不再靠近,也不疏离,程南自然就会死心,于是想用软暴力慢慢逼退她。

但他不知道,这种暴力的杀伤力太强,有如凌迟,要她的命。

很长一段时间,程南像失了魂。她站在走廊边不由自主地唤他的名字:"牧……"等到自己被自己的声音吓了一跳,才恍然惊醒。她在货架上,会发现自己莫名其妙地停在男鞋柜台,手里拿着一双合他码数的布鞋。因为他说过,穿皮鞋夹脚,想要一双布鞋来解放脚丫。

因为心情抑郁,她几乎不能听任何音乐,即使是"小燕子,穿花衣,年年春天来这里",在她听来也有摧心肝的疼。

她从宿舍走到公司,路上杜英花开,一树接一树。她感受不到丝毫喜悦,只有泪水陪着她一路流。小城风吹,日落,雨下,她都想哭。

为了遮挡自己随时会流下的眼泪,她出门会戴一副墨镜,或撑一把伞。一旦落泪,可以挡一挡,遮一遮。

那时候,李牧正与陈颖打得火热。她也是一个好姑娘,家教好,温顺,知书识礼,对李牧,他们全家都是满意的——少年得志,面面俱到,谁能不高看一眼。

只是,他与陈颖调情时,不会想到程南食不下咽,夜不成眠。

他一次次踏入陈家大门时,不会想到,程南站在原地,已经等了他78天14小时19分钟。每1天有24小时,每1小时有60分钟,每1分钟有60秒,每一秒,都饱含无声的折磨。

他在办公室里筹划婚礼时,不会想到,坐在他左前方的程南,一直在渴望他抬头看她一眼,和她说一句话,告诉她为什么。

"就算是死,能否让我死个痛快!"

"宣判"这天很快来了——入冬后,有人来找李牧,处理一些公务,办得差不多时,随口说:"你和陈颖准备什么时候结婚呀?"

他当即瞄了一眼坐在斜对面的程南,打了个哈哈:"是盖章还是签字?"然后低头不起。

但程南听进去了,她如同利刃刺心,痛得撕心裂肺。她佯装无事,追问那个人:"怎么,快要喝李牧的喜酒了?"

"可不是,以后就是陈局的乘龙快婿了。"

原来如此！原来如此！全世界都知晓，你喜获娇妻，鲤鱼跃龙门，从此殊荣矜贵，只有我不知道。原来深情一场，不过是一厢情愿的独角戏，原来你的远离，不是因为我做错，而是因为你移情。

李牧，你说过的，要给我花好月圆，人丁兴旺！你说过的，除我之外，世间女子千千万都是过眼云烟。你说过的，我们要生儿育女，白头偕老……你说过这些话，难道都是请君入瓮的美言，都是从地狱里伸出的"欢迎光临"的手，是撒旦的诱饵，是猎艳者的圈套？

那个午后，程南什么事也干不了了，她坐在自己的椅子上，一言不发，紧紧盯着李牧。

半小时以后，他终于抬起头，回望她，眼睛全是泪水。

泪水滂沱，映着她的崩溃，他的无奈，映着她的苍凉，他认命般的败意，映着她的百般不甘。

李牧，你负了我！你负了我！她夺门而出，一路狂奔，泪水如急瀑，滔滔不绝。

这人间，深情难久长，承诺如捕风，这浮生，不值一提。说到底，在成年人的世界里，爱只需要一句"我喜欢"，分开却有千万种"我不能"。

那天下午，她曾向他要一个解释，或说一个新的承诺："李牧，你凭什么这样对我！"除此之外，哭得再也说不出话。

他到底给不出。百般思量，千般辗转，都败给了"没办法"。

"没办法，我爸爸的伤……"

"没办法，我家太穷了，我还有3个弟弟要念书……"

她看着他，说："我可以和你一起赚钱的，你都没问过我……"

他的眼神空空荡荡,就像两只破竹篮子,爱、情、义如水穿过眼睛,漏向无穷的深渊里去了。

她什么都要不着。

10/

腊月二十,李牧与陈颖大婚,满城沸腾。整整一个月都有人陆续到办公室专门道喜。

恭喜恭喜!

恭喜新婚!

恭喜娶千金,纳娇娘!

恭喜仕途坦荡,前程万里!

因为陈家的关系,他的父母与弟弟也都得到了好的安置。父亲被安排到了当地最好的医院,弟弟都到了小城上学,母亲也不用再去工地做工,有人帮她在县委大院谋了个闲差。他知道,这之于李家,都是最好的安排。之于他自己?他不知道。

整个单位的同事都去参加他的喜宴。程南想了很久,终究也去了。

讲真,她想过要抢新郎,想过闹婚礼,想过染红唇,穿嫁裳,站在他面前:"李牧,你选我,还是选她?"再不然,趁着他敬酒,一天接一杯,喝够365杯,还她被辜负的岁月。

但真到了宴席上,她被一张照片就击退了。她在礼堂门口,看到他的结婚照。他笑着,与新娘依偎在一起,笑容灿烂。尘埃落定,一切总算如愿的模样。

她这才知道,他真的成了"别人",是"别人的李牧",不是

"我的李牧",他回不来了,也无法回来了。当即心痛如绞,逃出那个喜气盈盈的婚宴现场。

她的百般恨意竟如此不堪一击,如此色厉内荏。

回宿舍的路上,她整个人都是混沌的。在水边走着的时候,眼泪忽然就流下来。

一个孩子一直跟着她,忽然远远地大叫:"阿姨,你不要想不开!"她吃了一惊,一回头,才知道自己已经哭得人不像人。而那个孩子,一直跟着,摇着头,又惊又惧。

她拼命挤出一个笑容:"没事,阿姨不是想不开,只是很难过。"

那晚,无边的大雪飞扬,遍地皎洁,空气都是冷的,和一年前那个雪夜一模一样。只是,那个将她带回家的人,成了他人的枕边人。

11/

她躺在宿舍之中,听着远处喜炮连天。

他的婚宴实在热闹,从中午到夜晚一直都在庆祝,宾朋满座,沸反盈天,无与伦比。

他们都在说,他得偿所愿,一生荣光自此开启。

可是,李牧,我呢?从此以后,连牵挂都不再有身份,连相思都不再有资格。

若是从来不相识,该有多好。她的生无可恋就能一笔勾销,变成无悲无喜,再不然,也是无知无觉。

那个雪夜,她在第N封不会寄出的信里,写下几行字:

总有一天，我不再等在这里。

总有一天，我会走很多的路，穿过很多的风景，变成一个故事。

总有一天，你会像落叶一样轻，像一个名词一样平常。

总有一天，我会站在遥远的地方，回望这里，静水流深，面容平静无戚。

总有一天，我会像一颗星，或者像一支乐曲。你只能观望与倾听，永远无法抵达。

总有一天，我会忘记你，最终原谅你……

次年春天，程南辞职，重新进修。她的再学习也是逼出来的。

那座城，那个人，都是悲剧的沼泽，令她如坠暗夜，抓不住欢乐，看不见希望。离开，才是新生。

她的离开在他的意料之中，甚至有解脱之感。她在眼前，就是一种隐隐的提醒，提醒他的凉薄。离开了，这桩情事也就画了句号，无所欠，无所愧，很完美。

但他没想到，他到底低估了她的难过。离开小城的时候，一个新来的小姑娘被安排进程南的那间单位宿舍，收拾房间时，发现一摞信，上面只有他的名字，于是交给他。

他一直没敢看。他生活得如火如荼，春风得意，不想活在过去之中。那几年，他提拔，买房，生子，家人都被安置妥当，一切都顺心顺意。

但忽然有一天，有人提到那个久违的名字，那个被他一直刻意忽略的名字。

"程南移民了，嫁到了加拿大。"

他的心突兀地一跳，记忆突然打开入口。往昔如风雪，不由分说地，在他的心头纷纷扬扬地落下。

他在家中的杂物间里找到那摞信，就着陈年尘埃，读得泪水横流。

原来，程南那么无望地爱过。原来，他的每一次蹙眉，每一次温柔，都像钉子一样钉进她的心里。后来的兵荒马乱，都是她一个人的。那些长夜无光，那些曲终人散，也是她的。之于他，只有各行其路。

时光将太多因果都梳清了、理顺了，他终于能在那场情事之外，反观这一切，终于明白：那些年里，他到底是伤了她。

他是自私而懦弱的。他的怪苛与薄待令她饱尝辛酸，他的"没办法""不得不""对不起"……每一个字符，都看似正义无比，却都以伤害她作为前提。那些借口里，藏着一个人太多的自私、太多的软弱，还有另一个人太多的委屈、太多的不甘。

当天晚上，他参与应酬，在KTV里唱歌。无论谁点了什么歌，在他看来，每一句歌词唱的都是她，每一种破碎都关于那个再也不回来的人。

他将自己关进包厢的卫生间，对着镜中的中年人，暗自叹息：如果没有当初，结局会不会不同。

从此，他将手机上的天气一栏，设了两个地方，一栏，是他所在的城市，另一栏，是渥太华。

他闲得没事时，就在QQ空间里逛来逛去，以为能从朋友的朋友，朋友的朋友的朋友的痕迹中找到她。

10年一晃而过。再之后，岁月如瀑，又湍急地流过了5年。

2015年，他从老同事那里打听到了她的微信。

2017年,他鼓足勇气,加她。3天以后,她通过了。

他很久没有说话。又是3天,他说:"请你不要删了我,就让我卑微地待在角落,看着你……"

打下这些字时,他心跳如鼓。

但她只回了两个字:"你是?"

此后一言不发。

3天后,他发现自己已经被拉黑。

说到底,清刚倨傲如她,容不下背叛,也容不下暧昧。

她曾徒手摘月,最终竹篮打水。那年的美景良辰,到底都形同虚设,再回首又有何必要?

有一年,他办了签证,独自前往加拿大。

那几天里,他跟着旅行团在异国东奔西走。他去了几个著名景点,也去了闹市区。每到一处,他只要想到程南来过的,就心生柔情。

朝阳里,他想,这样的阳光也正照着程南。黄昏的树下,他看着那些枝繁叶茂,想着,这是程南生活的地方,于是万般惆怅又涌上心头。

他奔赴千里,只想用这种无声的仪式,向多年前的程南谢罪,然而生活不给他机会,他无法向她忏悔。

他在无数个雪夜,怀念一去不复返的她。

12/

"南回来了。"

这一天,距离她离开小城已经20年。这20年里,他依然在她的悲伤里溺水。

她已经别有洞天，在渥太华的日色里，她变成新的人。

她接来了父母，养花、饮茶、读书、怀孕、生子、离婚，不再提往事，也不再说起那个人。这一生，她开始觉得漫长。

在黄昏的暖阳里，她像一只蝉，用空空的躯壳在树梢上打坐。她一生中最痛的往事已经过去了，幸的不幸的，统统被岁月覆盖。小城已那么遥远，远到成了一个名词。只要不沾上泪水，不落地，就永远没事。

但忽然有一天，母亲病重不起，大限将至时，她反复交代程南："把我送回老家，埋在院子里的槐树下。"

她带着遗命，回国。

20年，生命如水流，转瞬经过了万水千山。一回首，几多人来，几多人走。岁月淘去了太多可有可无的浮沫，到头来，生命二字，脉络愈来愈清晰。

他渐渐老了，鬓边有微雪，额上有深痕。

孩子上大学后，他因与妻子多年争吵，貌合神离，又各自有风流事，离了婚，此后一个人度日。

在小城里，他依然是人上人，听过很多客套话，赴过很多酒席。觥筹交错，曲意逢迎，可人间有几多真心！人只有活到这年纪才会明白，何为"有价宝易寻，真情人难觅"。

他无数次想过——如果有一天，南回来了，该以什么面目与她重逢。他是站在那里，百转千回之后，走上前，去对她说："好久不见！"还是怔怔良久，问她："你好吗？"

或者干脆沉默，看着她，就那么看着她，看着那个被他爱过、伤过、弃过的女子，有没有在岁月深处，变成另一种模样，染上风霜，或依然是年轻模样。

百般思忖，还是没答案。

这一天，她终于回来。这一天，小城湖水结了冰，长街萧瑟，霜花若有若无。

晚饭设在一艘船上。雕龙画舫，纸灯朦胧。

之于他人，这是一场接风，之于他，是等待了20年的重逢宴。

宴会地点离他不过2公里，开车过去时，在他看来，却是轻舟已过万水千山。他甚至浑身僵硬，腿微微发抖。

抵达时，日色将逝未逝，湖风幽幽地吹。推开门就是谷色余晖，她站在余晖里，宛若天外人。

程南，46岁的程南，依然是从前的窈窕模样，只是多了些风霜。

她站起身来，叫他："李牧。"

就一声，20年不见了踪影；就一声，他知道，他一生意难平。往事未息，如今春风乍起。

他愣在当地。他的喉间涌过千军万马，但到了唇边，什么声息也发不出。

万般恩怨，皆成云烟。曾经一起游园，一起惊梦的人，离开了，又辗转回来了。

13/

她坐在眼前，微笑看着他："你好吗？李牧。"

他走近她，坐在她身旁，终于开口说话："我很想你，程南……"

她原本镇定自若,像处事不惊的世外高人,听到这话转瞬之间,眼睛就红了:"别说笑了,我们都老了。"

岁月像滤镜,抚平了伤害,磨淡了曾经,也给予他们另一种生命的感受。这些感受里,有一种叫遗憾,还有一种叫愧疚。

他站在20年后的重逢宴上,借着三分酒意七分真心,对某个从远方归来的人说对不起。

他高高地举起酒杯,说:"来,我们敬程南,敬我们这代人的青春。"

席间,有人问程南,这些年在异国,会不会偶尔想到家乡,想到他们。

程南说:"当然,还是有些事,很难忘记的。"说完瞟了他一眼。

他竟然站起身,端着酒杯,走到程南身边,单独敬她。靠近的时候,他低低地说:"对不起。"这是他迟到的道歉。

他用尽力气,向旧时光说:对不起。

对不起,程南。他在那晚凛冽的长风中对她说:"当年太年轻,如今才懂得……程南,我们能不能重新来过?"

他想在知天命的年纪,重新牵起她的手。

这一年,李牧已经47岁,她46岁,都是中年人,都离了婚,什么也不缺。人生走到此地,往往最遗憾的,就是当年的爱而不得,彼时因为"没办法",后来因为"已错过",如今呢?

生活总是攥着一堆借口,阻止他们的奋不顾身。

当年,他们太孱弱,家庭、生存、经济、希望……横插一脚,破坏他们的深情。如今孩子已长大,各自又单身,为何不能重新在一起?

那晚,小城又下了雪。

散席以后,她在雪中慢慢走着。他追上来,站在她面前:"程南,留下来吧!"

这一次,他不想再放手。

"李牧,我们都不是当年的人了。"她定定地告诉他。

他们早已疏远。地理的距离、心的距离,都是难以逾越的沟壑,倘若在一起,日后人生的颠沛忧患,岂能少得了半分。

14/

次日她返乡,送母亲的骨灰下葬。

他来送她。路边白雪皑皑,路面滑得很。

在车上,李牧因程南母亲的事,聊到了生死:"这些年,好多老朋友都走了,生死之于我们,真的不再是一个概念,而是一个事实,程南,你想过老去的日子吗?"

程南说:"可能就在加拿大待着,养养狗,晒晒太阳,看一些风景,画一些画。"

车子经过一个长长的弯道。因路滑,雪大,路侧翻了两辆车。

他说好险,还好开得慢,倘若不小心,可能也要出事。

"程南,有天我做梦,梦见我时日无多,你来看我,流了一晚上的眼泪,天亮时你就离开了,我跑出去追你,但怎么也追不上……程南,回首这一生,只有你是我最深的遗憾。"

"留下来吧。"他开始劝说。

"小城虽小,但什么都有,也安宁舒适。待得乏了,我再陪你去加拿大,不好吗?"

她该如何抉择？留他如梦，送他如客，一切都在一念之间。说到底，她拼搏半生，只为了想爱时能爱，想离开的时候能离开。

她转头看他。

窗外风雪已停了，远山茫茫，天地一色，他们在满地白光之中，往时间深处驶去。

20年前的情事，原来并没有画上句号。

那年的风雪，一直下到了今天。雪停以后，他们的结局里到底藏着什么，是圆满，是遗憾，是相守，还是又一次别离……

她转过头来，对着故事之外的我们说：嘘，岁月如谜！你猜……

留他如梦,送他如客,一切都在一念之间。

说到底,拼搏半生,只为了想爱时能爱,想离开的时候能离开。

SHIWU SHENGHUO

辑叁

——有人问你粥可温，有人为你立黄昏——

...

中年人的情事，与食有关，与欲无染

1/

他刚离婚，她也是。

他知道他们迟早会在一起的。答案其实大家都知道，可戏还得做下去。

仓促地来与去，入不得他的法眼。他是阅尽人事的中年人，不求那点欲，他要有味儿，像酒，后劲长。

可他没想到的是，那一天，她来找他，低低地唤他的名字。

"林，去海边吧。"

"去海边"不是一个动作，是一个暗语。

如果哪一天，他们谁说出这句话，意味着种植很久的暧昧，到了收割之时。

一年过去了。

2/

林没有想到，是苏先低头。

他是早就知道她的，在她没结婚以前。后来，她是他朋友翔的妻子，翔为了她，曾孤注一掷，只为与她相守。

他惊异于那样的痴情，也好奇她是什么样的人。

怎么说呢？用他的话说，难得一见。就像一张画，上面应有尽有，只是那画，是浮在半空的。他喜欢那画里的繁华，更着迷于那繁华底下的寂寞。

离婚后，他知道自己可以乘虚而入。她有一次去找翔办房产迁移。手续不顺，正准备走。翔接到他的电话。

不知怎的，三人就约了饭局。这是他们第一次吃饭。

地方在林挑的广州的一家海鲜楼。

都不是窘迫的人，点菜狠，不担心钱。澳洲龙虾、鲍鱼、花螺、象拔蚌、北极贝、蟹……摆了满满一桌，隆重又奢侈——暴发户的做派。半是显摆，半是重视。

他似笑非笑："慕名已久，终于见到了。"

她看向他，一个倦怠的中年男子，有深重的黑眼圈，带着镇定自若的微笑，风烟味十足。像什么呢？一掷千金、阅尽欢场的浪子。

她说："久仰大名。"

他年轻时的艳史多，令她生奇，也生惧。

据说很多女人爱他，他有无数情人，但他又不属于任何人。途经他生命的女人，都曾幻想过自己是最后一个。他不置可否。

他有一种神奇的本领，令每个女人都觉得自己独一无二，幻想他终究会在某个节点蓦然醒悟，改邪归正浪子回头，成为相伴余生的良人。可到底不过是"套路"。

龙虾端上来，服务员说："2斤8两。"

盛大的一盘。虾壳被剥除，铺着满满的虾肉，乳白的一块块被浓稠的芝士包着。虾头倒还留着,虾须直愣愣,攒着劲,向四下乱刺,憋得赤红,生死与肉身靠在一起。

可这样的挣扎之于食客,不过是宴席上的装饰,不值一提,不会分半点注意力过去。被吃的价值只有那一口,其他的都是废物。

她咬了一筷,牙齿穿过芝士的浓香,舌尖分汁错酱,慢慢抵达的那一口虾肉肉质细腻,比想象得紧、弹,咀嚼得再慢一点,能品到柔软而清晰的纤维。难得一见的口感,果然值得四位数高价。

三文鱼、北极贝与象拔蚌也端了上来。一个巨大的木船,铺着白色冰雪,雪上拼着整齐有序的生鱼片,白、橘、紫红,配着几片柠檬,缀以几朵萝卜花和一些叫不出名字的剑状绿叶,色彩纷呈,看着贵气冲天。

不过,三个人,满桌海味,哪里是为了吃,分明是一种实力证明:我有能力给你欢娱。

酒是红酒,有些年份的。他举了杯,说:"名花美酒两相倾。"

一抬头,看见他的眼风,微醉,琢磨不透是酒意还是春意。她暗笑,俗了。下等的段位,传言中的人也不过如此。

她举杯应和:"谬赞了,受宠若惊。"滴水不漏。

那时她以为,他与她不过是路人。他继续他的酒池肉林,她继续她的寂寞如雪。但是,人生总有那么多的但是。"但是"一出,转机就来了。

当晚,他加了她的微信。

他打开二维码:"你扫我。"

翔在一旁说:"林这人很怪,朋友圈从来不开的,我们这帮朋友,没一个见过他的朋友圈……"

她扫了，添加，之后各自开车回家。

微信提示有消息，是他通过了好友申请，但没有话。

她随手打开他的朋友圈，她竟然能看到！而朋友圈的内容则令她倒抽一口气！从2016年初到2019年，全部的消息、全部的话都只关于她一人。

2016年，拍下风景，满目浓翠，配文：苏，什么时候，才能和你一起坐在这里呢？

2018年，拍下家居小装饰：这种风格，苏喜欢吗？

2019年，拍下海鲜：听你说喜欢海鲜，如果见到你，我要把海鲜楼里最贵的全点了。

…………

关于她，都是她，满屏都是她的名字……她的心这才突突地跳了起来，脉搏剧烈跳动。

3年来，他都在观望、揣测她的一切？

这也是猎艳技巧吗？如果是，那他真的是顶级的猎艳高手。太能等，太有心，不动声色，手段一流。这人果然可怕，何止可怕，简直致命！

3/

她一整夜都魂不守舍，就像回到少年时，芳心大动，不知该如何是好。

她翻着那些句子，被一种柔软的空气托着，她浮着，像凡尔纳小说里说的那样，随氢气球漫游，不知何时是终点。她涌上粉色的晕眩感，以及一种深切的、空荡荡的无助。

女子无情便是王。一被吸引，就会作，就会欲迎还拒，人不像人，非常丑陋。

但对方阅尽人间芳菲，难免会轻佻地将她的回避看作矫情。最正确的方法就是立刻抽身。可抽身又谈何容易。这种致命的、野蛮的、不按章法的手段，在她的生活里从来没有发生过，她几乎能听到潜意识里的尖叫。

她无可奈何。她的情感又太空了，那么肥沃的期待，什么情种都能生根发芽，烧都烧不尽。她准备听天由命，但和预料的不同——他一连几天，一点动静都没有。

她有几次做梦，梦见他来找她，她刚好没洗头，没化妆，穿得邋遢无比，到处躲着他。醒来以后，怔了好久，知道自己生了自卑心，这真是无奈至极。

他这人半真半假，半实半虚，看不透。她如果再简单一点儿，一股脑儿扎进去，权当对方是真的，伤了也无妨，倒也好。或者她再复杂一点，历尽沧桑，将性与爱分得清清楚楚，享受该享受的，放下该放下的，万花丛中过，片叶不沾身，那也行。偏偏是在这将老未老之时，没有轻率的资本，又没有洒脱的凉薄心，被自己的起起伏伏悲悲喜喜折磨得很厉害。

4/

第10天的时候，他的微信终于闪动，他说："知道你喜欢茶，找了个近郊的茶馆，想和你说说话……"

她犹疑了很久，还是去了，权当去见识一种人。

茶馆在广州郊外，绿野山风，竹篱茅舍，浑然天成，这次的品位果然好多了。

日光在茶舍长驱直入，狂野无人，寂静得能听见心跳声。他穿了一身白色休闲衣，比第一次好看。

她迟到了一小会儿，拂开门帘走进来，抱歉地问："等了很久吧？"

他说："没事，等一辈子也可以。"

她坐下来，表面波澜不惊。

喝的是绿茶。透明杯子里，茶叶半沉半浮在中间，浮着一半结局，沉着一半人生。

理所当然，这一次聊到了往事和他的情史。

他的说辞在她意料之中："我从前确实太放浪，但你是我唯一想珍惜的人。"

她不由得猜想那些女人。应该都是激荡过的，像上好的茶，暗香浮动，暖心暖胃，时过境迁之后，成了茶叶渣——泡过了，就一无是处了，被他轻轻一磕，倒进垃圾桶，连台面都上不得。

"我曾是你朋友的妻子。"

"已经过去了，不是吗？"似笑非笑，眼神慵懒像午后长柳。

她说："你那么确定我会和你发生点什么吗？"

他又笑："迟早的事。"

他自信得近乎可恨，令她觉得像棋子，任人摆布，完全不由自主。

她当然不想如他所愿："永远不可能。"但也知道自己色厉内荏。

有几小碟茶点端了上来,桂花酥、马卡龙、杏脯盛在黑陶小碟中,像装饰品一样甜蜜美妙。

还有一种糕,将米浆注入花形模具烤成的,里面有豆沙、玫瑰、红枣等馅心,外脆里糯,如同传统女子,待在一种格式里,故步自封。滚烫的心机隐匿在内心,虽不外露,但香味还是一枝红杏出墙来,藏不住的。

她咬了一口红色的点心,细细嚼着。

穿堂风吹过,禅乐若有若无,茶馆的灯开始亮起来了。她的脸在暮色之中显得格外柔美怯弱。

他指了指唇角,说:"有奶油。"突然吻了下来,猝不及防。

"吻我!"他抱紧她。

那一瞬间,她在"推开他"和"配合他"之间切换千百回,几乎瘫软。但几秒以后,她想到那句"迟早的事",又被激回原形。

她站起身,说天色已晚,我要走了。

离开时,赌气似的发了誓:"一辈子都不可能。"

"话别说太满,哪天你想到那步了,告诉我,说你想去海边,我就知道了。"他看着她,兴致盎然,"我能等。"

"为什么要说去海边?"

"你说过,最渴望的,就是在海边的房子里,听着海浪声,三天三夜都不出门……"

她像一个战败的将军,灰头土脸地踏上归途。

郊外成片成片零星的灯火,明明灭灭,起起伏伏。因离得远,像是隔世的故事。

她忽然间又烦又空,雾里看花,梦里等一个人,都是自欺欺人。

她知道他不可靠。可这样失魂落魄,又是什么意思,就像……就像他随口说开好了房,她就在心尖铺出了余生。这当然是不相宜的,痛苦的人,终归是那个更在乎的人。

之后又是几天未联系。他真是沉得住气,或许,他的世界里没那么多非此不可,也没那么多迫不及待。

她不一样。她的选择太少,少到只有他一人。在这个过程里,她将他设了星标,无数次翻阅他的朋友圈、他的聊天记录。

之后又见过几次。但像是斗法,两人像戏台上的生与旦,锵锵锵锵,你一枪,我一刀。说话拿腔拿调,举止反复掂量。彼此都觉得落不到地面来。

有一回逛广州的夜市。那是喧嚣的、市井的宴席。人间烟火的喜乐熙攘,尽在其中,这对于他们都是刺激的体验。

他牵着她在闹哄哄的街上穿行,东看看,西瞅瞅。在烤生蚝、爆龙虾的燎烈气息里,一切都有着扎扎实实的快意。

他站在一家烧烤摊前,说:"来50串烤羊肉。"

她要了烤蘑菇。烤好后,拿着黄滋滋的一串,在嘴边横着抽下来。穿过一层层的麻油孜然辣子,一层层的麻辣烫香,一层层的铿锵浓郁,当舌尖触到里头的嫩滑肉质、浓郁肉汁时,他忍不住大喝一声:"嚅,带劲!"

路过一家糖水铺,又买了两杯绿豆冰沙。浓稠的绿豆汁内掺杂着零星的小冰粒,卿卿我我地掺在一处。插入大吸管,吮着,喉咙一路清凉料峭,叫人神清气爽。

她不知为什么忽然想到,他与她的这段相逢,可能他要的,不只是一段艳遇……她这样想的时候,声音也柔和了:"林。"

他转过头看她,将一串肉串递过来:"还要不?"

她笑着摇头。

他却吃到酣处,欲罢不能。之后,又在一个摊子上点了几盘火辣。辣子鸡块半推半就地躺在红艳艳的辣椒壳里,色相诱人,呼之欲出,滋味香酥脆辣。

他倒上冰镇啤酒,吃得令她目瞪口呆。

水煮鱼也是一绝,晶亮的大钢盆端上来,满当当的一大锅,盛情盛意的样子。鱼片白嫩嫩、鲜灵灵,捞上一片咬下去,麻辣味令人咂舌,唇舌瞬时异军突起,百转千回。

她看着他,看着他咕噜咕噜地吞咽,觉得到底也是真人,他的话里,或许也有三分真心。

她忽然有点想赌一把。赢了,是幸;输了,是命。

5/

人生不值得深究,一深究,无人不委屈,无处不落寞。

林这人始终若即若离。

最暖的一次,是她来了例假,他知道后,午夜开着车,穿过半座广州城,给她送了一壶温热的鲫鱼豆腐汤。

她挣扎着,不让自己浮想联翩:"我叫外卖也可以。"

他说:"这是我自己熬的。"

时值2019年年底,已近年关,她问他:"去哪里过年?"

他说:"还没定,家人都在国外,叫我过去,我不太想。"

她的家人则旅行去了,她随口说:"不想待在广州的话……我在山里有个院子,你想不想去住两天?"

那是个古朴的山房，有菜地，有柴火，有电，但没信号，周围也没有多少人家，凡事需要亲力亲为。

他居然答应了。

2020年1月中旬的时候，他们开着车，过省，下乡，又沿山路蜿蜒而上。一步一画，一转弯又是柳暗花明。都知风景在深山，但没料到那么浓。

抵达的时候，正值月色明亮，月光一泻千里。

他卸下满车行李，忽然顿在地坪中，说："苏，你多久没看过这样的月光了？"

她抬起头，夜空中央，贴着一片黄月亮，光晕清和，就像一个遥远的理想。而远处，山风呼啸，天上星辰低垂，他们站在那里，像是与世隔绝，像天地之间，只有他和她。

这个屋子之前有亲戚帮着打扫，但最近有段时间没来了。他们一个从古井中打水，一桶桶拎进来，一个则到处洗洗擦擦。

擦完以后，两人烧了柴火，煮了一锅面。除了油与盐，什么也没有，但吃得妥帖至极。

他的眼睛里第一次没有飘飘忽忽的风流气，她的心里第一次没有慌张感。

一切都落下来，比尘埃还低。

他们洗了澡，就着壁炉的火光，穿着厚而软的棉衣，聊些可有可无的事。

她第一次想到一个词：余生。

"林，余生你可怎么过呢？"

"和你在一起。"

她抬头看他，第一次没在心里反抗。

次日醒来，煮粥，饮茶，炒极简的菜，对着满山翠色，不疾不徐地饮食。

一粥一茶，一晨一昏之间，浓来一盏，淡来一杯。

岁月忽已晚。一天呼呼地就过去了。

6/

他们下山去觅食。

遇见一家扶着山腰做生意的饭馆，懒洋洋的，生意不太好。厅堂两侧倚着书柜，放了发黄的书。

老板递上菜谱，上面也不是印刷字，而是手写的毛笔字，真是个妙人。

也正是此时，他们的手机连上了4G网络。新闻铺天盖地涌进来，他们这才得知，一场可怕的疫情正在蔓延。两人赶紧查相关资料，又问候了一圈国内外亲友，好在都没事。

他安慰说："别怕，我们刚好可以在山里避一避。"

他们买了够吃几天的菜，沿着山路开车回家。

半路上，她忽然说："如果我感染了，你马上就走，你感染了，我也是。"

"恐怕到时候都走不了。"他苦笑，"我们生死要在一起。"

那些日子，他们像一对避世的夫妻。

有邻居来串门，掏出一把挂面给他们，还有的送来红薯或土豆，临走了还不忘夸一句："你们夫妻般配的咧！"

他环着她的腰："空有夫妻之名，没有夫妻之实，我太亏了……"

她能感到他的异样，自己同样奔腾翻涌，但还是坚决避开了："先吃饭吧！"

她无来由觉得，整个时代都在成全她的爱情，他只有她，她也只有他。大时代里的两个小人物，命运脆薄如纸，没理由不靠近。

因因在山中，他们晨起暮宿，赏风看雨。闲来在松林间散步。篱笆前饮酒，月色下唱歌。他爬遍了附近的山头，见证了几场山花的开放。到了饭点，一起在堂前灶间忙碌，煮茶烹酒，燃火烧饭。那段时间，她学会了包饺子，他学会了炒家常菜蔬。

在广州的时候总觉得无限忙，无限空虚，永远没办法心安。回到山里，发现人需要的，只有那么一丁点儿。

他们反复地聊天。他的前尘往事，前尘的前尘，往事的往事，都翻了个底朝天。她忽暗忽暗的心事也全部掏出来，晾得金黄干脆。

说透了，说滥了，说烦了，倒不紧张了。人害怕的，只是未知。男女之间，猜字最伤人。知根知底的，不是情人，也是知己。

除夕终于来了。

村落间开始有鞭炮炸响，回声在山峦间撞来撞去。

他们爬到山顶给亲友回信息。有了信号后才发现，疫情已经很严重了，武汉"封城"，湖北其他城市也陆续"封城"。广州倒是没有封，但微信群里各种说法都有。

从山头下来，他们烧了炭火，一边煮红薯饭，一边炖猪蹄、煎鱼块。

旁边梨木八仙桌上放了些云片糕、冻米糖、香蕉，食物散置在盘碟里。虽然没人吃，但还是放了。

两人围炉夜话。一边聊疫情,一边聊彼此。外面情况瞬息万变,但山中还是万古不变的天,万古不变的当下。

他们听见竹枝摇曳,松涛起伏,怪鸟嗜嗜而鸣,却什么都不用费心,依然日日劳作、食饮、休息。

因看不了春晚,两人早早歇了,这一夜,长而无梦。梦醒之后,新的一年来临。

她站在新年的当口,向他问候:"林,万事如意。"

他过来抱她:"零点的时候许了个愿。"

"关于什么?"

"我们。"

她看着他,从海鲜城,到茶舍,到烧烤摊,再到山间院子的一方老木桌……他越来越低,一步步来到她的秩序之内。她不知道,未来还有什么动荡,还有什么变故,但此刻她已知足。

说到底,她不过是恐惧,恐惧身不由己,恐惧撕心裂肺。

她想到张爱玲说,男人做完爱,总担心女人纠缠他;女人做完爱,总担心男人不要她。她就担心这种担心。可哪条路,都不能许诺你皆大欢喜,哪种选择,都拿不到免除伤害的免死金牌。

1/

回广州以后,疫情逐渐稳定。世界如初,他们又恢复了暧昧不明。

他依然是那个进可攻、退可守的中年男子,她依然是看不透的女人,似乎都没什么改变,但彼此都知道,有些东西已经变了。

她曾试过不想他,也试过将山间往事清零成一个梦。梦醒了,就得回归现实。到底做不到。

她在某个黄昏，站起身，穿上白裙以及高级内衣，去他的别墅找他。

"林，去海边吧。"一年以后，她开了口。她不管，不管这句话引向的是洪水滔滔，还是刀山火海，她都想去试一试。

食是当下，爱是理想，性是欢娱，婚姻是秩序，得任何一样都是幸。

既然明天与破碎，不知哪个先到来，何不趁当下，吃一口饭，睡一个人，做一个梦。

那时落日如血，木棉怒放，紫荆似雾霭。他一手拎着海鲜食盒，一手牵着她，去海风吹拂的房间，奔赴他们的三天三夜。

他们合唱的歌，前奏结束，歌曲正式开始。那剩下的旋律里，还有很多的海，很多的翻腾，很多的一日三餐……

在故事新的节点上，她微笑着，站在海风中央，咬着一口白色的贝肉，任情节一路倾泻下去，倾泻下去，通向烟火滚滚的红尘……

 **余生一起吃饭吧**

1/

周日早上,那人退了房,漫不经心说了句:"一起吃饭吗?"

她有点惊讶。那样潦草的情事,开始就是终结,怎么配得上"一起吃饭"这样的郑重?

但对方却高估了自己,觉得那一晚值得一饭之恩。

她在心里冷笑。深夜的酒可以和你对饮,因为那是欲;清晨的粥一定要和喜欢的人一起喝,因为有情。

她说:"不了,我还要加班。"然后匆匆告别,拉黑微信,奔赴她的新约会。

那天,是她刚进入30岁的第7天。兵荒马乱的年纪,往前,是下落不明的未来;往后,是鸡飞狗跳的催婚。

她的下半生以及下半身,终于变成整个家族的焦点:"还不嫁人,你到底要什么?"他们恨铁不成钢。

要什么呢?其实也没有凌空虚蹈的爱好,没有玛丽苏式的幻想,无非是一个平凡的女人,渴望在这个世间,拥有一点物质的外壳,一点温情的关系,就这些,就足以度过这寥寥一生。

可还是不能行。男女的事上,她习惯了被动。

她年轻时曾试过劈头盖脸地爱一个人,对方却只当是游戏。

曲终人散时,她才知道那3年里,他一直脚踏3只船。那种震惊与愤怒的余震至今犹在。

她讪讪地笑:"我命不好。"

30岁生日那天,她对自己说:"今年一定要嫁出去。"

她做了一套堪称完美的资料,撒网一般发布到各大婚恋网站、交友App、单身男女社交小程序上,接下来,专心致志地收网,挑选,观察。这是一个艰难的过程。

相亲美其名曰是交友方式,其实不过是一种条件的丈量。

她专门设了一个微信小号,机器一般地与人对话。

"你是哪里人"回答过98遍。

"你做什么工作的"回答过134遍。

"你家几口人"回答过87遍。

"你有房吗"回答过91次。

"有车吗"回答过82次。

"学历是什么"回答过76次。

…………

她不再是人,她变成婚姻市场上被挑选的商品,任人评头论足,反复询价和称量。没有人关心她喜欢什么,灵魂被什么震动过。

夜晚醒来时,四野寂寂,月光正寂寞地洒落,她在那时想起了什么。

一切都是机械的,甚至是屈辱的。所有的小骄傲忽然都变得不值一提,而人间的小确幸,一提起,都成了不合时宜的笑话。

她有时真的想放弃。如果没有家族的逼迫,她根本不想自取其辱。究其根本,她觉得婚姻是困顿,也是被动人生的开始。

生命寂寂，尘世荒荒，找个人一起吃饭就可以了。

2/

从酒店出来后，她走在珠江新城的大街上，满城繁花，城市熙熙攘攘，但那沸反盈天的笑闹，都不是她的。

她坐在太古汇门口的台阶上，看鱼游而过的人，看着她们的爱马仕丝巾、路易威登手袋、古驰鞋、香奈儿套装，看着那样鲜衣怒马烈火烹油的人生……心灰如雾。

她的人生里，连一顿像样的饭都吃不上，生活在哪里？未来又在哪里？

她在奶茶铺子里买了一个榴梿软欧包，她恶狠狠地吃，像报复谁，也像虐待谁。她忽然想到余生，余生里，有谁会一起举杯共饮，一起同床共枕？

倘若真有那个人，她什么时候才能等到？

3/

周日那天，她约了四场相亲。为了省事，都约在同一个地方。

那是一个综合性大厦，上面有酒店，下面有茶楼，旁边和里面都有各种地方菜馆、咖啡厅和酒吧。

4个人，分约这4处：

12:00，约一人广式茶点。

15:00，约咖啡。

18:00，约海鲜。

21:00，约酒吧。

她马不停蹄，饥不择食。她说过，自己是把相亲当项目去做的，尽最大努力，做最全准备，也接受最坏的结局。

今天的见面里，她也有偏爱的"客户"。走过场的，约在酒楼；最想走下去的，约在放松、舒适的茶楼。

在微信上，她见识过太多无礼之徒。无礼也就罢了，还将自己的粗鲁美化成坦诚，毫无修养地扑上来，像警察审问似的，要将你扒个遍，而反问回去，他却又王顾左右而言他。

而面对她的一些小确幸、小悲伤，统统称之为"矫情"。细抠起来，这样的言辞背后，都藏着一颗缺乏同理心。他们看不见她，不仅看不见，还以自己的看不见为荣，称不理解、不体恤才是直男做派。呵，可别污染了直男这个词。

林是异类。他始终不温不火，你谈，他陪你聊；你不谈，他也没有迫切的探究欲。说到喜欢的球队、电影、食物、旅行，倒是滔滔不绝。他们从文字到语音，从"你好"到"早上好""晚安"，似乎越来越近。

泥沙俱下的网络里，能淘到一个正常人就已经不易了。就这点"正常"，也值得一见。

他们终于约了地方，要从一个ID变成一个人，要从网络两端相会于广州的某个地点。

她竟然有点紧张。

4/

那时已是秋天，天高云淡，时间均匀而漫长。她穿过一蓬蓬浓烈的桂花香，奔赴她的约会。

抵达大厦时，她先在商场洗手间，补了精致的妆。而为了应对四场约会，她的包里装了一条重工蕾丝绣花连衣裙、一件减龄的雪纺上衣、一条牛仔阔腿裤，还有一套吊带裙——这是专为酒吧准备的。

她穿上最贵的蕾丝裙去茶楼。那是江边的茶馆，木质窗棂，点着中式的古灯，穿堂风吹过时，桂花香流进来，抱着她。

他发来信息，堵车，还要等会儿。

她说，不急。然后点了虾饺、肠粉、烧卖、奶黄包、菠萝包、榴梿酥、粥……之后，她坐在那里，不安地等待一个悬念揭晓。

林进来的时候，她没有太大的意外，他和照片很像，一个平凡的男子，和她一样，放在人群中就无法被找出。至于外貌，她倒也没有奢求，她没有国色天香，自然不会幻想对方颜值惊人。男女之间，需要对等。

水已经开了。他坐下来，沏开茶叶。看水流在青瓷碗里，微微打了一个旋，他熟练地过滤、倒茶，香气一缕又一缕地从碗中飘出。

"来，试试！"

她拈起小茶碗，吹了吹气，小心嘬了一口，清气在舌尖绵延。忽然就不再局促了。

窗外长风吹拂，棕榈婆娑，南方的天空，永恒地澄澈闪耀。

他随口问："你喜欢什么样的生活？"

她想了想："就是这样的生活。"

广州的茶肆里，日子算是羊皮纸上的画，草木质地，不愠不火，和人生的慌张与残酷，有着一种无声的疏离。

他笑："我也是。"

点心一笼笼上来，舌尖一点点沦陷，端详、试探、吞咽、余韵悠长……犹如一场温柔的情事。

他说："你和我想的不太一样。"

她笑："哪里不一样？"

"更漂亮，也更焦虑。"

之后聊了些闲事。关于人生，关于他的慢和她的快。

她说，广州太急了，一切都像飓风，嗖地刮过来，嗖地刮过去。每一件事都好像要在一秒钟内反馈和解决，慢了，就跟不上了，她裹在其中，像个陀螺，昼夜不休，哪怕相亲，也相得风驰电掣。资料刷了无数份，见过无数个人，不喜欢就换，聊不来就撤……比商务洽谈更高效。

偶尔长夜失眠，反观自己的生活，才会觉得空空如也，一切都是虚的。

他看着她，沉默半晌，忽然轻轻说："别急，我不是来了吗？"

5/

之后在咖啡馆，她见了另一个人。

和林相比，简直是张牙舞爪。咖啡被喝成白水，一口干，话打得人生疼，专戳不堪的说，专挑难听的讲。

想问什么，都要按他的节奏来，"套路"一个个。

她怀疑他是PUA（Pick-up Artist），没熬过半小时，她起身走了。

在半路上，收到林的信息："谢谢你，食物和人一样好。"

那时她站在一个卖场里，华灯初上，灯光一碗一碗地扣下来，淋在她的身上。她对着那条信息怔了良久，到底还是笑了。

下一场约会在海鲜城。

广州作为临海的城，海鲜向来多，她挑了咖啡馆旁边的一家。

她先进去点餐。各种海洋生物，被分门别类地放在水族箱，等待被客人挑选，做成无上的佳肴。

没点太多，虽然对方说，由他来买单。

人来了，一个微胖的中年人，像匆匆下班后来赴一场应酬。人有点儿味，脑门上油很多。她第一印象是，一个被生活欺负过很多，也练就了一身滑头的人。

花螺与圆贝端了上来，他们开始吃。

她随口说："贝类比肉类更有意思。后者呆头呆脑，前者呢，吃的过程抑扬顿挫，让你在享用时，遭遇恰到好处的抵抗：欲迎还拒比赤裸相见，更容易让人尝到相思煎熬。"

他说："哟，没想到你这么懂吃。"

又说到了各省的代表性食物，以及相关的故事。正是话浓时，没想到，他一转弯，直接说到了性："咱们这么投缘，要不……今晚别回家了。"

剩下的时间里，他都缠在那点儿事上。说都是寂寞的人，多一个伴也不是什么坏事，又说今晚吃了生蚝，一定能让你如何……

她不是尼姑，有自己的汹涌，也有自己的荒凉，但她不是来者不拒的人。能吃饭，已经是再三挑选；能睡，先得对味，再对路，最好还能对了心。

他不是，也不对。

她笑笑，说："下次吧，今天还有约。"

走出门后，已经意兴阑珊。

晚上酒吧的约，不知道为什么不想去了。她忽然觉得疲惫入心，想回到小屋，泡个澡，喝杯果汁酒，一个人，抱着毯子看一部剧，然后就着虐心情节，好好哭一场。

这城市那么大，千万人在等待，百万人在寻找，十万人在相亲，为什么，只有她碰不到那个人？

她又想到那句话：我命不好。

6/

这年头，一个女人慌慌张张地结婚，是会遭人笑的。

她表面上也横，说不在乎，说婚姻的既得利益方，只有男人。但内心深处还是渴望有个人，共一日三餐，度一年四季。

她给酒吧的那个人发了微信说不舒服，改天再约。然后背着包，坐3号线回家。

地铁里，人人都盯着手机，刷着各种App，没人抬头。她什么也不想看，呆呆看着窗。驶进隧道时，窗外一片黑，倒映着一张灰扑扑、暗沉沉的脸。

这几年，她觉得自己活得真如丧家之犬，没房子，没伴侣，没朋友，也没什么特别辉煌的希望。

广州当然繁华，但繁华不像是她的。她是这个城市里最普通的人，能力一般般，学历一般般，心智也一般般。

改变命运似乎只能靠两条路，一是婚姻，二是老天爷。靠自己？真的太难了。一万多的工资，想涨成三五万，不是没可能，但只能拼尽全力,去做项目,去学技能,耗得时间所剩无几。她已经30岁了,还需要腾出点儿空隙,给某些奇迹萌生。

半路上,竟接到林的电话,电话里,他问她:"在哪儿呢?"她说:"地铁上。"

"去江边走走,好不好?"

她想了想,还是在下一个站走出来。

那一晚,他们坐在珠江边,对着江心荡漾的灯火聊了很多。不知道为什么,能聊的,不能聊的,她都聊了。

她豁出去了,管它什么"套路",什么欲擒故纵,她只想倾诉。

她那么孤独,孤独到和SIRI(苹果智能语音助手)都能聊到半夜。既然有人在身旁,那就说吧,把湍流不息的心事放出来吧……有些话像冰河里的鱼,游不动,出不去,左奔右突的难受,如今有条缝隙,就拼命钻了出来。

没想到,他一直认真地听,然后握住她的手,叹了一声:"你受苦了。"

她一下子眼眶湿润。

他的叹息变成气流,变成水,变成灌满浮力的鳔,将她从苦海之中,温柔地向上托起。

7/

回家的时候已是凌晨,阳台一地白月光。

那一晚,梦也是醒,醒也是梦。她是怎么了?像怀了一个秘密胎儿,坠得她虚落落,沉甸甸。

她拿起手机,翻看他的朋友圈,没有更新,也没有留言。她摁了好多次,想发点儿什么给他,却又一次次删除。她知道,他的态度配不上这种患得患失,但她没办法。

林是一个公司中层管理者。条件算不上特别好,但也不差。据他说,也有些人在等他的。男人在感情里,向来比女子更从容,因为输得起,因为没关系。可她有关系。

那几天里,她简直魂不守舍,早上醒来,第一件事就是看他是否有消息。上班时,拿起手机,看他有没有最新动态。人年纪一大,多年没恋爱,一点火星子就烧得内火翻滚。这么热烈着,藏着,就是个白薯,都快焐出香来。

林后来又约过她几次。她要么在忙,要么在出差。再一次见面,已经是相识后的第4周。

他约她在一家粤菜馆。那天有雨,时断时续地下着,耳语般滴落。她喜欢这种略带倦意的灰暗,配着精致的、无火气的粤菜,简直天衣无缝。

他说:"上次听你说喜欢吃鱼,所以多点了几道。"

有一条是炸的,刺啦刺啦,大来大去,品相不成诗,成了市井胡同的曲。还有一条是蒸的,玉体横陈,加葱白两段、姜片几枚,就有了些张岱式的讲究劲儿。

她夹了两筷,正中下怀,没刺,筋道,不软腻。

酒过三巡,人有些打开了。

林说:"我觉得你不开心。"

她怔了好一会儿,差点又要掉眼泪,惶惶然说:"在广州,谁都不容易,谁都不开心。"

"还是找个男朋友吧。"

"我也想，只是好难。"然后话就堵在那里了。

他不过来，她也不好过去。

隔壁是一中年女人，穿着考究，点了一桌菜，但不见有人来，也不见她下筷。她忽然想到，再好的食没有良人伴，没有爱做酱料，就成浓郁的凄凉。

后来去洗手间，出来时，看见有男女在过道尽头接吻。

有服务生嘀咕："真不知是来吃饭的，还是来吃人的？"

"都吃，都吃！"

可不是。吃了饭，也"吃"了人，就踏实了，这一生，也就可以不慌张了。

中年女人仍然在发呆。拥抱她的，没有人，只有满桌温暖的香气。可香气是作不得数的。一日三餐，三餐不能少，一日也得有，否则太伶仃。

她忽然有了勇气："送我回家好吗？"

林抬起头，有点意外："你开了口，我当然不能推辞。"

那一晚，他在她的出租屋里没离开。

8/

屋子在喘息，窗上灯影迷蒙，她的身体内部，不期然绽放盛大烟花。这样的夜晚之后，有人终将生活在怀念里。

醒来时，发现两个人的腿像"爻"字缠在一起。她吓了一跳。

天已经亮了，天气特别好，太阳金灿灿的，照着满屋辉煌。这样美妙的清晨，实在值得做点什么，比如说情话，比如一起吃早餐。

吃的是家常的白米粥，就着一个蛋，一个馒头，一碟咸菜，她却吃得欢天喜地。

吃完，两人下了楼，出了城，去近郊闲游。

桂花很多，三三两两开得延续不断，香得人都是一片花光容色。

中午在农家吃土鸡，还喝了一壶桂花酒。

他说，多么惬意啊。两个人，没有"身份"，没有"立场"，只有米麦黍秋，温暖家常。

她是切切实实想到了结婚。她说："在我们老家，结婚时要喝交杯酒，酒是女儿红。我爸曾经埋过一坛，现在应该有十几年了。"

但他没有接下去。她也没逼问，以为是自己太急。

入夜，折回城，还没吃晚饭，就又迫不及待地欢爱。

此后，林每周都来，欲望很足，情话很少。欢娱完毕，就叫一点外卖。她想到卡萨诺瓦，情妇千万个，每次翻云覆雨之后，都会享用一顿丰盛的晚餐，如松露、鱼子、熏火腿、浓汤……用来恢复元气。

她说："我饱了。"

林暧昧一笑："喂饱你是我的本分。"

人生来渴望连接。一个人也能活下去，但只是活着，如浮云，悬在半空，虚飘飘，空落落。有连接，有回应，才落了地，才是生活。

9/

有时他们去看电影。

片子是他挑的，都是好莱坞大片，打打打，打完一个又打另一个，大反派打了好久，打打打，打完了，电影就结束了。他喜欢，乐不可支，她也就能接受。

有时他会带给她一份礼物，百来块的，不值钱。她强行赋予意义，觉得礼物与价钱无关，与心意有染。

他也会在周末时，陪她去吃饭。饭馆是寻常川菜馆。她点菜苗，他点辣子鸡。端上来剽悍的一大盆，热气都是呛人的，蛮不讲理，浮躁，不负责任。

他吃得酣畅淋漓，她举着筷，却无法下箸。辣子鸡就是这样，看着红光四溢，很像那么回事。但辣椒吃不得，鸡肉也不是味儿，在辣椒霸道的控制下，鸡肉丧失存在感，只剩焦干而委顿的一团，将就地、无可奈何地待在碗大的生活里。自以为是主角，但没盼头，不被尊重，只是一种点缀和一种附庸。

吃完以后，他们回出租屋，继续翻滚。有食，有欲，有连接，生机勃勃的，活色生香的，乍看起来就是爱情。

但和闺密说起时，作为局外人，闺密开始觉得不对劲。

"你见过他的朋友吗？"

"没有。"

"知道他在什么公司工作吗？"

"不知道。"

"谈过结婚吗？"

"没有。"

"送过贵重礼物吗？花过心思吗？提过未来吗？为你做过饭吗……"

统统都没有……她开始有了疑惑。

下一次交欢之前,她按住了他的手:"我们算什么吗?"

他愣了一下:"怎么问这个?"

"你是把我当女友,还是炮友?"

他沉默了一会儿:"需要这么较真吗?"

那一晚,他在她凌厉的攻势下缴械投降。原来,他早有一个女友,只不过在异地。

他也不会分手,因为那是他要娶的人,有钱,家境好,修养不错,双方父母都认可。

她顿时愤怒非常。兜兜转转,竟然被备胎,不对,被小三!她扑上去,狠狠地给了他一耳光。

他站起身,半是抱歉半是冷漠地说:"因为对你有好感,所以没控制住自己……以为你也享受的,没想到……对不起。"

可那样简陋的借口,根本盖不住她心里的窟窿,她站在桌子前,一声不吭地看着他,看着他重新变得人模狗样,看他系上扣子,背上包,走出门。以为他会回头,然而没有,"砰"……门关上了,渐行渐弱的脚步声,汇报他愈来愈远的距离。

再然后,什么也听不到了。

她颓然坐在地上。那场本就不饱满的爱情,倏然间,就像被拔了气门芯,咝咝泄了气。

到此刻她才发现,她所盼望过的,只不过是场赝品爱情,甚至A货都算不上,是假冒伪劣的产品,要被打假的,要被处置的。

可发生就是发生了,就像已经上交的错误试卷。

如果可以,她希望能誊写,或者重新考过。

10/

那个漫长的夜晚之后,她决定去喝一杯酒。

她去了一个酒吧,点了一杯鸡尾酒,独酌。那么多人醉生梦死,潋滟迷离,只有她杯中血红,烈如刀。

生命无可回旋。你能看出,珠江的江风里,有多少未曾止歇的暗潮?有多少未被安慰的新伤旧痛?她的痛,又算什么呢?空气里随便一捞,都是一大把相似的惨淡际遇。

在广州塔下的江边,她拿出久未登录的微信小号。一打开,消息不断,提示数是99+,而好友验证中,有68个陌生人,正在等着进入她的生活。

还好,断臂得早,她还有心力求生,还有能力重新再来。

她站在风口,倚着万家灯火,饮下最后一口烈酒,然后扭着腰,走入浮光深处。

明天的都市烟火,依然照常升起……

 **很庆幸，我爱你**

1/

那年，他们都从小城来，在广州谋生。他叫王越，她叫棠。他在报社做记者，她开了个咖啡馆，就在报社楼下。

一个阳光很好的清早，他带着电脑在咖啡馆写稿，点了一杯拿铁。送来的时候，她说："请慢用！"

他抬头，正遇见她的笑，美得像一个假日。他怔住，说："谢……谢，谢谢！"

她又看了他一眼，再度婉转一笑，风情涌动，虽去留痕。

一种不由分说的感觉迎面而来，将他攫住。他知道，自己完了。

多年以后，他说："棠，第一眼见到你，就知道你会是我的。"

此后，咖啡馆成了他另一个"办公室"。写累的时候，抬头看她，看她在垆前柜后，忙上忙下。

咖啡馆小，只请了两三个人，更多时候，她都需要亲力亲为。她将咖啡豆烘干，碾碎，在咖啡机里滤出香浓的一盏盏，用奶泡拉花，奶泡化花，变成郁金香、心、玫瑰、三叶草……

他饮下前，杯中总有悬念。第一次是花朵，第二次是树，之后是心……

偶尔，客人少，她在户外小花园里浇花，修剪植株，整理桌椅杯碟。

他从落地窗望出去，她的脸近在咫尺，发丝历历，脸上汗珠触手可及，那么近，那么亲。

他像少年初长成，面对暗恋的女生，呼吸都乱了分寸。

她背过身去的时候，身影被光镀上薄金。他抬起头，暗暗张开手臂，环着她的背影，往中间一揽，很慢，幅度很小。

在旁人看来，他更像懒懒地做了个环臂动作。但就这样，他觉得，他抱过她了！

那凌空蹈虚的一抱，像一个柔软的、不为人知的表白。而她一无所知。

那之后，他去了异地，报道一起惊动全国的恶性事件。现场有几具尸体，有些死者还很年轻，皆狼藉地横在地上。

他在去的途中还是理智的，毕竟是专业记者。但越采访，越跟踪，越难以自控。这期间几度愤怒，几度落泪。

他想到她——见过太多人间至恶，才知美与善可遇不可求。当即有了决定。

采访完以后，他带了一堆录音和照片素材回广州。他先回报社报到，之后马不停蹄地下楼去咖啡馆写报道。前往小店的路上，他发现，他如此渴望那个地方，如同渴望一个家，渴望永远的咖啡香，渴望永远的暖黄灯光和永远都在的人。

她正在柜台中清洗杯盏，像一个平凡又忠诚的妻，她抬头看到他，竟像久别重逢："你来啦？"她眼中有光。

他这才知道，她也在关注他。他多日不去，她其实都在等。他瞬间明白了，接下来，轮到他来打破僵局："我叫王越，正式认识一下。"他居然伸出手与她相握,像职场礼仪。

她笑着,也伸出手:"棠。"

手很瘦,但有点糙,不像涂满护手霜的养尊处优的手。但他觉得,这种质地才叫人心安,有故乡之感。

那个午后,他坐在平时坐的位子上,继续码字。窗外,凉棚的流苏在风中飞扬,猎猎的。斜阳绕过棚檐、植株透进来,咖啡馆的地上,铺了一地树影。

空调低低地开。桌上有茶,眼前有人,夫复何求。

2/

当晚,他送她回家。这才发现,两人竟租住在附近的同一栋公寓。

他是嫌通勤时间长,挤地铁烦,会将心情搞得一塌糊涂,处理负面情绪又要耗时间,成本有点大,不如就近租一所公寓。租金虽高了些,但更从容,工作也更高效。

她也是这样想,觉得不能用时间来换钱,应该花钱来节省时间。毕竟她在创业,必须全身心扑在工作上,每一分,每一秒,都要变成价值。

抵达公寓楼下时,两人都愣了一下。

"这么巧?"

就是这么巧。他住7楼,她住10楼。公寓在同一栋,工作在同一栋,相遇简直是一定的。

这一天,他们如见故人。仿佛命运早已设好结局,铺好姻缘,备好柔情,许以圆满,只等他们开始。

几天后的周二,她破天荒地对员工说,我要晚些到。然后下楼,和正等在那里的他一起过天桥,穿过一丛丛朱槿、一蓬蓬使君子。

在广州姹紫嫣红的初夏,他们走去菜场买菜。之后,在他家做饭。进去后,没想到窗明几净。一个洗,一个炒,一个铺桌,一个打扫。窗外是广州温柔的日光,万物勃勃。

他开了两瓶酒,播放了轻音乐。两人一边吃,一边聊。开了话匣子,才发现,基本上一个人说的话,在另一个人那里,都能激起相似的回声。

"我喜欢奈保尔……"

"《米格尔街》写人物是真厉害,非常生动,个个有魂儿。"

"国内的诗人里,我尤其爱张枣……"

她马上背了他的名句:"只要想起一生中最后悔的事,梅花便落满了南山。"

而音乐、话剧、电影,几乎都能同步。提到某部电影,另一个能说到导演的风格以及背后的故事。提到话剧,能说到人人皆知的孟京辉、赖声川之外的一些话剧导演,以及他们的作品。

两个人都抢着说,抢着笑。一句话找到了另一句话,一个人找到了另一个人。

"难怪我会对你一见钟情。"

另一个痴痴地笑:"这真的是可遇不可求。"

梦一样的开始,酒一样浓酽的情节。再后来,都醉了。

他说:"咖啡馆缺人吗?"

她回:"缺啊。"

"你看我怎么样?"

"我可没钱聘用你。"

"我不要钱。"停了停,忽然一脸坏笑,"我只要你。"

3/

他反复去店里。有空时,当然赖在那儿;没空时,就抱了电脑,去咖啡馆写稿。

日子久了,有些东西开始缓慢地变化。比如,他的位置从咖啡桌,转到了吧台。位置变了,定位也变了。

他还学会了拿铁、卡布奇诺、美式、摩卡、玛奇朵、爱尔兰、维也纳等咖啡的制法,她忙不过来的时候,他就放下电脑,帮一阵。

渐渐地,店里的小姑娘不再叫他"这位先生",而是"越哥",私下则叫"老板"。

一起聚餐时,调皮一些的,举着杯子敬他俩,祝他们百年好合,仿佛是新婚。

他来者不拒:"哈哈,有眼力见,到时候来喝喜酒!"她大乐:"别忘了份子钱。"

那段时间,两人是累并快乐着。快乐是因为彼此,累是因为生活。在广州,生活压力真的大。咖啡馆的生意其实不好做。看上去很美,其实很磨人,成本大,营收少,又耗人,每一个环节都不能出错。进货、制作、服务、清洁等,都必须花十二分心思,稍不留神就会出岔子,被投诉,或者被差评。

棠当然分身乏术,只有招人。

招人也难。年轻人对咖啡馆的向往,停留在一种文艺化的概念里,觉得那是岁月静好的所在,是休息,是放空。但真正去咖啡馆做事,没几个人能放下身段去服务他人。个个都个性有余,合作不足。做得不仔细,不认真,稍微说一句,马上就离职。于是又得重新招,重新培训和磨合。

所以,很多时候,棠都亲力亲为。杯盏往往要检查,咖啡豆要逐一确认,烹制过程要严格监督,晚上10点后,又得把里里外外检查一遍,才放心关门。

他看在眼里,疼在心里,不出差的时候,总是陪着她关上店门,走过午夜的大街,一起回家。

长街上,两人的身影靠在一起。昏黄的街景,像是印在宣纸上的,他们是上面的两滴墨,晕开了,变成一个你,一个我,连在一起,像相依为命。

她说:"真的好累啊!"

他其实也累。被编辑戳着鼻子骂稿子是屎,是傻瓜,想成为主笔,成为名记,哪有这么容易。说到底,谁都在夹缝中求生,诚惶诚恐,如履薄冰。唯有在彼此身边,才能寻得片刻慰藉。

"别怕,还有我在。"他把她的手指一根根合拢,紧紧握着,就像把她最艰难的一些日子,也握到手心。

4/

"你有没有感觉我们是融入不了这个城市的?"

"嗯,都是过客。"

在异地,在波涛汹涌的都市,人多有游子之感,就像无足鸟一直在飞。于是他们会本能地寻找,找一个笃定的身份,一个能更深地扎入社会规则体系的立足点，找一只"脚"。

这只脚对王越和棠来说，就是彼此。有了对方，就落了地，也有了盼头。

但盼头往往与风险并存。半年以后，疫情来了。客源渐少，棠的咖啡店已经开不了业，租金与员工工资，却必须按时发放。每一天都是亏损，几个月下来，棠发现已经亏了十几万元，不得不关门歇业。

他依然乐观，说："别怕，大不了，我们回老家。"

他那时已有转行的想法，觉得自己可能不太适合记者这条路，太多限制，也太多言不由衷和迫不得已，令他无奈又无力。很多时候，人如蝼蚁，在庞大的、森严的世界里，发不出声，说不出话。

所以，之于她，在广州的日子充满了焦虑；之于他，在广州的日子充满了愤懑。也就正是这一时期，他们做出了一个决定：盘掉咖啡馆，回老家。

5/

王越说："棠，你会后悔吗？"

她笑："和你在一起，就不会后悔。"

王越来自云南的某个镇子，但父母早出来了，住市里。

两人见过父母之后，吃了饭就开车往老家赶。故乡张开双手，等候他的归来。

在滇西南的湖水之畔，遍地绿野，风来风往，一切寂静祥和。在那里，树有序地长，人不疾不徐地生，时光好像被冻住了，像琥珀，金黄透明，发着温柔的光。

抵达之前，棠还以为是一个荒凉落后的村落，没想到，风景如画，水泥路四通八达。

经过一丛山岭时，王越说："这都是我们家的。"

棠这才知道，原来，王越是一个"土豪"。在老家，他家有几十亩果园，平时租给其他农户种了。这一次，他准备一一接回来，自己种，自己卖。如果实在太累的话就雇人。

销路当然是不愁的。作为一个媒体人，他知道流量的力量。他太有把握打开水果销路了，这是多年浸淫于媒体所泡出来的传播自觉。

到老房子的时候已经是下午。一座典型的农家小院，掩在绿意与花朵中。门口有一湾湖，可泛舟，也可垂钓。浅舟泊在阳光里，柳垂在水边，推开院门，因无人居住，满地杂草。

院中有一株高大的四季桂，正在飘着香，香味一蓬一蓬，香得人直趔趄。她站在香气中央，深深地吸气："我好喜欢这里。"

当天，二人开始打扫，收拾。先打扫室内，毕竟晚上要安歇，然后打扫厨房。一切妥当之后，洗了个澡，煮了个面。

面是他做的。面上卧了颗荷包蛋，寡淡的滋味，但每一道汁，每一口蛋，都是顺心顺意的。

其实乡村也不错，有自来水，有电。如果还有产业与伴侣，难说这是逃避，还是另一种选择。

收拾妥当，在干爽的床上入睡，窗开着，只关了纱窗，星辰与月光入梦，虫鸣也一阵阵涌进来。偶有夜风过，将纱帘吹得膨起来，凹下去，复又飘起来。棠觉得，这么多年了，第一次遇见这样的夜晚，这让她觉得，夜才叫夜，在这样夜里的休息才叫休息。

一觉睡到自然醒。没有噩梦，没有中途醒来。早上，鸟雀以脆灵灵的声音，在窗外向她问好。

他们在镇上吃过早餐，之后牵着手，去看满山果园。

果园有30多亩，种了杧果、杨梅、枇杷、梨、香蕉等，大部分是杧果，已经结了硕大的、粉绿色的果实，密密麻麻，吊在高枝上。因为太丰硕，枝都压弯了腰。

他摘了一颗下来，递给她："尝尝。"

剥了皮，就着绿野与山风，吃刚摘下的果实，满嘴流金，自有沁人心脾的甜。

此后，棠请人修了墙，刷了窗，砌了院石，修了篱笆。房子干爽整洁，繁花环绕，自有一股田园民宿风。

他则日出而作，日落而息，勤恳地看管他的果园。也请了一些农人，帮着打理。

果实成熟时，他直接睡在木棚中。

她来送饭给他，远远地叫："'外卖'来了。"

一抬头，正看见她骑着一辆白色电瓶车，从山花中央驶进来。初春的天气，繁花初放，空气中有若有若无的香气。他的笑意从眼中溢出，溢到这春光里："媳妇儿，你来了！"

捋捋她被风吹乱的发丝，再坐下来，慢慢吃饭。

6/

有时候下雨，他便不再去果园，她也不用打理庭院，两个人窝在沙发里，读点闲书，说些闲话。

屋子里有角炉，燃着干枞木，火苗舔着一只黑炉罐。空气里结着一团松香与红薯饭香。

午饭是辣子焖腊鱼和豆腐。未等食用,一屋子的辣香就让人热烘烘起来。

"下雨天,喝酒天,咱俩来两盅如何?"

于是摆上了自酿的桂花清酒,倒上一碗,就着简单菜蔬,对饮几巡,清欢无限。

次日雨停,一个水淋淋的清晨从山峦上升起,阳光如故。在远离都市的乡野,天空充满了取之不尽的温暖与光明。它投下的每一道光,照出屋落的轮廓、树木的形容、山川河流的每一个细节。

在那宁静有序之中,他们的情感也像保了鲜。没有租金、工资、KPI来破坏,没有生存焦虑来影响,没有婆媳矛盾来横加干涉,没有经济危机来改变他们的节奏……这是近乎童话的生活,他们几乎什么都有。

慢节奏的环境、舒心的房子、成就感、美貌、青春、信任、有情感流动的沟通、来自灵魂的理解……一切最适于培养爱的养分,他们占全了。

如果爱情有一个完美标本,应该就是这样。

如果要讲一个最美的现实爱情故事,故事的开始,也应该是这样:从前啊,在遥远的湖边小镇,有一个男孩叫越,一个女孩叫棠……从前啊,有一个女孩想住在花中央,与水果为伍,与流水为伴,男孩说,我带你去……

1/

几个月后,他黑了一圈,但不知道为什么,棠倒没黑,颊上红晕更足、更瘦,也更紧实。人站在土地之中,会比都市中人生长得更野蛮，更生机勃勃。

他眼见着棠的笑容越来越多。有一天，他说："棠，回头笑一下。"一回头，遇见他的手机镜头。

他实在觉得她好美，是那种浑然天成、无须雕饰的美。她不化妆，但肌肤清亮，极细腻。

她笑："你在干吗？"然后走到他面前，环着他的腰，看他。

"觉得你好看，想拍一些留下来。"

她成了镜头里的女主角，他是摄影师。他将她在田间弯曲的腰身，在林间穿过荆棘、花朵与绿草的刹那，在果园中挥汗如雨的身影，在桂花掩映的厨房中做饭的场景……都记录下来。而这些影像，在音乐、文字的衬托下，显得诗意盎然，如同另一种田园牧歌。

有一天，他将视频导到电脑中，剪成了一个VLOG，介绍了棠以及她的故事，并上传发布。

理所当然引起反响。第一个视频，获得几千点赞。

之于别人，这个账号像是横空出世；但之于王越，一切都在他的预料之中。毕竟是专业媒体人，摄影是专业的，文字是专业的，对传播的把控也是专业的。

"这是降维打击。"王越笑。

告诉棠时，她并没有太开心："可不可以不露脸？我不想红。"

他反复说，这都是真实的，只是真实的棠被看见，也被喜欢了，这是福分，不是折磨。她这才放了心。

之后，视频不定期发一个，间隔时间长，无规律，但制作够精良，画面、文案、意境与诗意兼具。理所当然地，它们被越来越多的人喜欢。

从几千人，到几万人，再到几十万人。甚至有一个VLOG，达到了几百万点赞。

杧果成熟前，预售的订单就已经达到了几十万元。这样的成绩其实也代表了市场的需求。但，一个问题出现在他们面前。

"你想扩张吗？棠。"

她抬头看他："你呢？"

他摇摇头："我也不想，我没那么大野心，能过好当下就心满意足了。"

是啊，倘若在这乡野之中，仍然想做大、做强、赚更多，就要带团队、广招人，要费尽心思去管理，做产业链，那会和在广州一样累，一样焦虑。

他们远离浮华，为的就是能慢一点，自在一点。不为数据而活，也不为虚荣而活。所以两下一合计，不扩张，做好目前的事就够了。余下的时间，就到处走走，看看，穿过花花世界，看世间万象，这也不失一种态度。

杧果成熟后，果然一销而空。

王越买了一辆小货车，将新摘的杧果从果园一趟趟拉到家，又从家里打好包，送到镇上的快递运输点。等到所有工作收尾，他们回了一次棠的老家，去见她父母。

出发前，想到会在省城转机，又约了老同学一起聚。

他与棠坐在席首，一一向大家介绍她，也向她介绍每个人。一个女生一直盯着棠，酒过三巡时，忽然对她说："你很幸福。"

后来才知道，那是一直喜欢他的一个女孩。大学时给他写过情书，被他拒绝了，一直不甘心，想知道他终究会选择一个什么样的人，走入一个什么样的结局。如今一见，不知怎的，看见他们与世无争的样子，竟然觉得，这是最好的安慰。

世间能有多少感情，能有这样的纯粹，没有太多急、躁、贪，一切都缓缓的、静静的，能静到人的灵魂里。这种两性关系，在这个时代太珍贵。

都市里，行走的男男女女，要么爱欲饥渴，要么毫无节制。无论哪一种，都在说着两个字：不信。

但他们，令大家信。

大家轮番儿来敬酒，诚心诚意地，祝他们终成眷属，子孙满堂。

8/

在棠的老家见她父母。

出乎他的意料，她父母比他想象得更通透。见了他，只有欢喜，并无挑剔。反复说，棠过得好，我们就放心了。彩礼什么的，居然都没要。只是说，万一认亲，给几个长辈包个1000来块的红包，意思到了就成。他当即想，这样通情达理的父母，才能养出这么通情达理的女儿。

与准岳父把酒言欢。说到棠从年幼到少年，再到成年，一直独立，也一直温柔，他觉得她的前半生浓缩成一部短片，在他眼前缓缓放映。

他感动的是，父母在她成长时，一直不控制，不粗暴，凡事理解，处处支持，也是难得一见。她的柔软与明净，根源应该就在这里。

两天后，两人返程。一路上，他喃喃地说，他也不知道是走了什么好运,竟能娶到这么好的妻,遇到这么好的一家人。

她回握住他的手:"那是因为,我们命中注定要在一起呀。"

命中注定四个字,何其难得。它意味着,两个人必须是同频的,也是共振的。不能早一步,也不能晚一步,不偏不倚,在最好的年纪里遇上了,才配得上"命中注定"这个词。

王越当然懂得这种不易,棠也明白。他们牵紧彼此的手,不说话,只靠在一起。

之后,两人去了三亚,也去了西藏转了一圈,回来后,棠怀孕了。

王越父母说:"要不要到城里来生?"

为了安全,他们去了市妇产医院。棠在那里,生了一个女儿。

一个月后,棠回家。那天正值杧果花开。他喜不自禁,为孩子取了乳名:杧杧。

进门一看,家里又多了一位"不速之客"。一只流浪狗在他家竟已住了好些天,也不知从哪儿来,何时来?但怎么都不愿再走。此后一直看家守院,与孩子形影不离。

有一次,有小偷进院来偷东西,被狗硬生生地吼了出去。还有一次,杧杧从床上摔到了地上,它马上跑到外面,咬着棠的裤腿,一直往卧室中拉。

他们越发感到,人这一生,都是恩赐。遇见的、来到的、留下的,都是与你有缘的。所以,这一路,要感恩且认真地活,哪怕一蔬一饭,一果一树,都值得万般郑重地厚待。春有花,夏有绿,秋收万物,冬酿酒,一桩一件,都要极具用心。

他在VLOG里也反复提到他们的生活观。而这种观念,又为他们带来更多的拥趸。

大家都在单位里工作，困于俗务，累不堪言，看到有人能在被设置的生活方式之外活成一首诗，当然羡慕不已。

他们的收入也节节攀升。许多机构请求合作，投资人也来聊，仿佛全世界的人都捧着钱，来照顾这一对佛系的、无为的夫妻。

他站在自家院子里，抱着牙牙学语的女儿，觉得生活本身，如此美好。

没有人催着，没有事情或念头在后面赶着。他们不疾不徐，活成"人"，活成"我"。

"这是最好的安排。"

她走出来，揽着他的臂，靠在他身边，相视一笑。门前满篱花，屋内半盏茶，天空下，都是他们的民间日子。

往远看，春光一望无际，往近瞧，人闲桂花落，处处是清欢。

 **智者不入爱河，遇你难做智者**

1/

他说过的："3年以后，我就回国，你等我。"

说这话时，还是2016年。

凌根本不相信，他在异国，她在国内，相隔一个太平洋，怎么能作数？有些话只能当成风，过了就算了。

但2018年春天，她下班，在写字楼下，见到一个人，40多岁的模样，高而瘦，衣品不俗。他走过来，说："我是陈。"

她像被什么东西迎面重击，整个人头晕目眩："你怎么会在这里？"

"我回来了。"他站在那里，似笑非笑，没有促狭气，也没有仆仆风尘，仿佛只是一个旧友，来接她一起赴宴。

她怔了足足有5秒。这样的境地，在她从前34年的时光里，从来没有遇见过。在她上一段寡淡将就的婚姻里，同样也未曾发生过。

他是怎么回来的？为什么回来？她一无所知，只知道，过去几年里，他只是一个ID，存在于她的联系人列表。谁能想到，ID背后有一个真的人，来到眼前的人。

她当即开始后悔，今天为什么没有化妆，头发也油了，衣服并不讲究……一下子滋味复杂,半是惊喜,半是懊丧。

"我怕你等太久,提前回了国。"

她想争辩,想说她并没有等,又觉得多此一举,不如不说。

2/

在广州某个米其林餐厅,凌订了座,说请他吃饭,然后去地下室取了车,一台白色Taycan。

他坐副驾。

车子驶过珠江边,长风过际,广州塔历历分明,他忽然说:"凌,我不走了。"

"为什么突然有这样的决定?"

"不突然,准备了2年。"

她再度无言。她不是笨口拙舌的人,只是这样亲狎,这样悬念迭起的意外,超出了她的应对能力。

他看着窗外风景:"这条街变了,这里倒是还和从前一样……广州变了好多……到底还是我们中国好,热闹繁华,充满了烟火气。"

"国外不好吗?"

"也好,好山好水好无聊。"

抵达以后,他们从停车场乘电梯上楼。

电梯里有镜子,映着长身玉立的中年男子和瘦削倦怠的中年女子,她不露痕迹地低下头。

"有没有人说过你气质出众?"

她装作没听到。当然有过的,只是这种赞扬,不知几分是廉价的客套，不能当真。

这些年，她因一心做项目，争市场，像工作机器一样拼命，对打扮几乎不上心。为省事，同一品牌同一款式能一口气买5套，因不想费心去搭配。这样敷衍，与"美女"二字当然无缘。

但他觉得不一样。

进了包厢后，他伸手："正式认识一下，我是陈，43岁，中国人。"

她觉得这样一本正经实在好笑，也伸出了手，没想到有名堂。

他一拉，她整个人扑入他怀中。她受惊般挣扎，他将双手揽紧她的腰，贴近他。

"可以摘一下眼镜吗？"他俯下来，望着她，耳语般喘息。

她心惊胆战地摘下来："怎么了？"

他看着她："我想看看你的眼睛。"又凑近了些："你的眼瞳是深咖色的，很亮，里面有个我。"呼吸可闻，几乎要亲到脸上。

她拼命挣扎，逃到了包厢里的红木太师椅上，顶头上是一盏暗金紫荆的灯，光流下来，笼着她的脸，有一种朦胧的、荡气回肠的质地，衬得她像是画中人。

"我没想到你是这样的。"穷寇莫追，他却追着笑。

她坐在那里，惊魂未定，手在桌子底下拧成了死结。

这个人，如此莽撞，不按常理出牌，太过冒犯，也……太难招架……她当即想到，在情场之中，他应该所向披靡，未曾败过的吧……立即就灰了一层心。

服务员上了一碟前菜。量少得像艺术品，观赏价值远大于食用价值。

她倒不在意这些，心思早已不在这上头。珍馐与粗食，都是摆设，没有区别。

他终于坐下来，聊些各自的事。

3/

陈是生意人，是有不少产业的，在国外不说风生水起，但也有声有色。但他告诉她："年初时，我把生意交给了合伙人，我退出来了。"

"为什么？"

"因为你不在美国。"

这样的决策，原因当然不只于此，还因为，他觉得可以退休了。多年浴血奋战，都想找一个节点，做一些改变，让节奏慢一点，休息一下。

这几年里，他陆续把一些生意转到了东南亚，转回了中国。办好股权转让和业务交接之后，他几乎没有犹豫，买了回国的机票。十几个小时后，航班降落在广州白云国际机场。他来见她，践一场迟到2年的约定。

"跟我去日本吧，最近樱花正开，我想和你一起去。"停了一会儿，又说，"我和你说过的，周游世界的时候，我想身边有一个你。"

她说："不了，公司事多，走不开。"

他伸过手来，握紧她摊在桌上的手，不许她逃开："到了我们这个年纪，其实不用说太多违心话。我们已经错过了最好的时光，为什么不简单一些？凌，我们不年轻了。"

几句话，说得她丢盔弃甲。

时光之于少年人，一步一重景；之于中年人，一步一重天。 留给他们的时间，确实不多了。

他们都有过错误的婚姻，也在红尘之中折腾过，错过。因为一次业务对接，他们接洽上，再之后，聊得越来越多，越来越深。

她曾问过他："陈，你的余生，准备怎么过呢？"

他回："和你在一起。"

余生二字，说长不长，说短不短。抓住了，就是一生；错过了，就是一瞬。

他在商场厮杀多年，她也拼搏十几载，都知道，有些东西是不需要犹豫的。

——就算看错了，干练如她，也有机会愈合伤口，风过了无痕，当作什么都没发生过。

她说："好，什么时候出发？"

"明天。"

4/

签证当然都有。

次日一大早，她跟着他，登上从广州飞往东京的飞机，落地后，有人来接机——一个在日华人，陈说是朋友。

"全世界各地都有你的朋友？"

他笑着说："也没有，只是近些年业务涉及了几个国家，跑的地方有点多，认识了一些人。"

当晚，他们在新宿的五星级酒店入住。当然，两间房，他倒不急于一些事。

洗漱之后，在酒店三楼的日料餐厅吃饭。餐厅不大，装修是日式极简风，以竹木为主，精致无尘。

他替她要了饭、纳豆、烤鳗鱼、天妇罗和味噌汤。自己要了豚骨拉面。喝一口，眉眼都弯起来："嗯，又浓又稠，这味儿正宗。"

又上了两碟火炙寿司，香郁又清简，不拖泥带水，一是一，二是二，吃得毫无负担。

"吃得惯吗？"他看着她，柔声问。

"我最喜欢的就是日料。"她答。

"我最喜欢的可不是日料。"

"你喜欢什么？"

"吃日料的你。"她白了他一眼。

他笑："这不是情话，是心里话。"

吃惯大鱼大肉、烟熏火燎的人，觉得日料像是苛待。她是真喜欢，雪碗冰瓯，清汤寡水，大都没有油。味噌汤无油、纳豆无油、生鱼片无油、寿司无油，哪怕料多味浓的拉面，处理得也看不到微末油腥。量也少，海藻甚至只有一羹匙，但色香味考究，正对她的味，也对她的胃。

但这一次，因为没有卡好量，点多了。她吃到后来，实在吃不下了，也知道剩饭不妥，但确实吞咽得艰涩无比。

他不动声色，将她的碗接过去，扒完碗中饭，饮完最后一口味噌汤，说："走吧。"仿佛这些都只是寻常事。但在她心里，却是石破天惊。

"想去歌舞伎町看看吗？"

她没那兴致，只想歇息。人一年长，对观光式的旅行真的兴致寥寥。年轻人才想看得越多越好，中年后，只想在某个风景旖旎的地方与世隔绝，看看云，散散步，泡几盏茶，和至交或挚爱聊聊天。一切都是可有可无的，但正因为这种可有可无，才养神。

5/

次日去富士山。

有人开了车，专程送他们过去。

陈说，在富士山脚下的小镇上订了一个院子，有温泉，院内也有樱花，开门就能看见山头白雪，门口是河口湖。

"风景是好的，就是有些偏，你习不习惯？"

她笑："习惯，正想避世。"

他伸过手来握住她的，她再度不动声色地抽开去。

经过河口湖时，富士山若隐若现，这里樱花怒放，整个世界像一个梦。

她说："能停一下车吗？好想看看。"

开车的人叫江，说："这里不能停车。"

陈说："停一下，让她看看。"

车停下来，这里风景奇佳，她沿岸走了几步。

一个日本人远远地嚷："不能停车，不能停车。"

几个人动作敏捷，立即鱼贯而入地上车，车子一下子就开走了。真的是一扑鲁。

她正在湖边拍照，一转头，车没了，当即哭笑不得。

因为走得匆忙，手机没开通国际漫游，她电话都不通。

好在懂英文。正准备去附近找一个小店借电话打，才走几步，就看见远远冲来一个人,如百米冲刺,一身大汗,满脸惶急,是陈。

他狂奔过来,一把抓住她的手:"我差一点丢了你。"然后拉着她,往前面停车处走。这一次,她再抽出,他怎么也不肯了。

"我要确认你在我身边。"她又听得心跳失序。

他走得快,又拽得紧,她被拉得跟跟跄跄。

他忽然回头笑:"从前抢媳妇,差不多就是我这样吧。"

她也笑,或许,这一趟旅程是她一生中最美的际遇。独一无二,从前没有,以后也不会再发生。既然可遇不可求,那么就不要言不由衷,不要进一步退三步,用挣扎的时间去感受,也不算枉费了这无上光景。

上了车,江说:"车还没停稳,他就冲下去了,我没见过他这么失分寸的时候。"

她侧眼看看他,像是重新认识的那样,一下子,心里已有荡漾的柔情了。

6/

抵达旅馆后,她将行李打开,换上和服去泡温泉。

满池温热,空气里弥漫着湿而滞的硫黄味儿。她泡得心旷神怡,肤滑如皂。透过百叶窗看出去,窗外正是日本4月的天空,樱花如云如雪,风低低地吹,真是人间好时节。

随后,出来吃晚餐。

几个人在富士山脚散步,樱花一树接一树地开,人行其间,像在梦里穿行,从白色的梦中,移到粉色的梦中。

陈说:"你站在花树下,像新娘。"

她还没来得及反应,江就笑:"谁的新娘?"

"还能是谁?"

江龇牙咧嘴,挤对他:"哟,这么霸道啊,好怕怕啊……"

两个返璞归真的中年人,像孩子一样,一路追着边闹边打。

此刻近黄昏。湖水静谧,路灯已经亮了,投在水中,像两个世界在接吻。她想到塞利纳的句子:这和平时期,真像天鹅绒一样。

沿湖徐行,在拐弯处看见对面有饭馆,她准备过去。那是四五米宽的小路,没有红绿灯,也没有斑马线,静谧悠长,不远处,两辆车开过来,速度并不快。

她懵懵然往前走,被他一把拉回来,抵在他胸口,动弹不得,然后乖乖站在路边,让车子先行。

出乎意料,车子没有呼啸而过,在十米外停住了,半晌不动地等他们先走。他牵着她跑过马路,回头站定,向司机挥手,一切都是贴心贴意的。

他们在那个小小的日式烤肉店吃神户牛肉,在火上燎烫几回,点到即止,入口即化。

又喝了些清酒。有些烈,和想象得不同,她只抿了一点就放下来。喝不完的,又被陈接了过去,一口干完。

晚饭之后,江和一帮人先走了,留下陈陪她穿过樱花雪,穿过一个异国的长梦,慢慢逛回去。

他牵着她的手,沉默地走了好一会儿。

湖风吹过,人身上的戾气都吹散了,吹软了。他忽然说:"世界这么好,我们都不要和自己为敌!"

也没有特别动人的话,温暖平淡,和日常言谈并无不同,可不知为什么,她听得就想掉眼泪。

"陈,你真正想要吗?"

"要吗?我其实没有改变世界的野心。于我自己,这一辈子都不愁什么,但我们都有责任要背负,责任差不多尽到了,我就想为自己谋一个好归宿。"

她在心里说,我也是。

这些年,她几乎不要命地拼,拼生活,拼事业,拼荣誉,拼成就。成功当然厚待每一个拼命的人,但幸福却无法在一个充满刀光剑影的人身上驻留。

她离了婚,也接触过几个男人,都受不了,说她眼高于顶,不是宜家宜室之人。

陈看了看她:"凌,你不是。你非常特别,气质高傲,但又有特别温暖的东西。"

她几乎又要落泪。

"你喜欢这样的人?"

"不,因为你是这样的,所以我喜欢这种气质。"

7/

说起来,如果网上交流也作数,他们算是故友了。她对他的了解仅限于他们的交流,但他是知道她的。在国内,他人脉扎实,详细地打听过她的消息。

有一回,她在微信里说:"有个项目出了些问题,焦头烂额。"

次日,有人出现在她公司:"陈让我过来帮帮你。"

还有一次,她正在洽谈一个项目,标达到了7位数,当时几家企业竞争,她的希望是比较小的,但他也动用国内的关系,直接打了招呼,让她达成了合作。她那时便知道,他真的会回国,也真的会出现。

有一段时间,她的办公室每日都有花送到,玫瑰、百合、芍药、马蹄莲、郁金香……她不知究竟是谁有这样的耐心。

有一回问他,他说:"你只需知道,你配得上所有的美好。"

"陈,你说,拼搏的尽头是什么呢?"她站在富士山下的长风里,站在温柔的暗夜中,问他。

"是我们。"

8/

次日起床,凌开通了国际漫游。

信号一通,涌进了无数信息。她开了视频会议,处理了些杂务。好在都是日常事务,处理起来不费神。

两小时后,她站起来,洗了头,洗了澡,换上白色休闲装,沿着花路在湖边闲走。满川繁花,半湖金阳,一线流光,一切都恰到好处,便觉人生如此,朝斯夕斯,便不算亏待。

陈不知从哪里借了辆单车,跟在她后面,追上来,远远地喊:"喂,那位中国姑娘,我载你啊……"

凌回头,看见他像个孩子兴高采烈地蹬。

她跳上后座,扶着他的腰,踢着小腿,穿行在樱花丛中。到了一处地方,他们停下来,坐着歇了歇。

她躺在花树下,透过指缝看太阳,阳光透过来,映得手指澄亮如霞光。

他将落花一瓣一瓣地捡起来,又一瓣一瓣地在她的胸口,摆成一个心状。这真是撩人至极的一幕。凌整个人又难堪,又难忍。到后来,他每放一瓣,她就暗暗战栗一下。

"好痒,别放了。"

他依然放:"我要在你心口,摆上我的一颗心。"

她当即就想到了一些有的没的。等到结束时,她感觉自己像度了一次劫,或经历了一场别的什么。

他也躺下来:"凌,你喜欢这里吗?"

"喜欢。"

"如果喜欢,我们在这里买块地,留下来,好不好?"

她以为他随口一提,没想到两天以后,有人来旅馆找他谈地的事情。

他用流利的日语与对方交流,偶尔转回头看她一眼。她坐在另一边,饮着茶,开始猜测他的往昔,以他的实力与真心,这样的男子,真的会属于她吗?

江已经回了东京。其他人要么去了大阪,要么去了京都,只有他俩,依然留在小镇上。

有天去海边,在太平洋的长风里,听见有人用汉语高声大喊:"××,我爱你,我会陪你周游世界,陪你白头到老……"一旁的女生满脸泪水。

陈在旁边说:"我心里的声音比这更大。"

回来的时候,他们沿着湖边往旅馆慢慢走。天空像一片广袤的毛玻璃,那么蓝,那么澄澈,那么让人费尽心思。

长风阵阵,斜阳时隐时现。她不知怎的,走到了前面。他跟着她的脚印,一步步地跟。她往左走,他也往左,她往右,他也往右，踩着同一块地砖，拂过同一枝花。

她简直没了办法。

后来，天色就晚了。再后来，他开始唱歌，不成调的，随心所欲的，让人忽然就动了心……

他说："要不，结婚吧！"

9/

那时候，山湖俊美，岁月安详。

她感觉日子就像悬浮于半空的云，慢慢降到了地面，踏实，笃定，可亲可爱，可依可靠。

有天晚上，他们在旅馆喝清酒。月色如水，灯火倒映在水中，错落有致，像一串音符。

侍者来了几次，一盅一盅地盛，她说："少喝点儿。"

他含糊着接话："良辰美景，佳人在侧，怎能不多喝一点儿？"

一盏接一盏，慢慢就多了。那晚，他们各自回屋。午夜的时候，他趁着醉意去找她。

"凌，我想你。"

她推开他："我不是一个好惹的人。"

他走过来，将她抵在墙上："我这人……就是喜欢挑战。"

"我很麻烦。"

"我摸爬滚打这么久，就是为了不怕麻烦。"

那一晚，他躺在她身边和她讲了一个故事。

一位忠臣遭到诬陷，被发配到荒岛上，历尽艰险，双目失明。多年后，叛乱平息，皇帝知道自己冤枉了人，派人请回他。已经目盲的老人面对这封迟来的诏书，说，即使上面每一个字都是一个太阳，我也看不见了。

"凌，我们不要等到看不见。"

那一晚，他恢复成赤子，与她相对，以肉身，以往昔。

"我睡过不少人。"

"我猜到了。"

"我也爱过不少人。"

"嗯，你很诚实。"

"但只有你，让我想和你一起老去。"

凌不作声。

让她怎么反应呢？她从未想过，她的生命竟会与他有连接。一切都在预设之外。

作为生意人，她深知这样的项目风险不可控，时间成本大，回报未知，代价未知。所以一时之间，不知是该停止项目运营，还是该继续观望。

"认识你以后，我认真地想了一个问题，当身体越来越差，双眼昏沉，白发苍茫，我该怎么过？那时候，性成了奢侈，人生不再需要向外走，去计算于数据的增加，活在存量里，那时候，我希望有谁陪在身旁？是你，凌。凌，你让我想到了余生，想到日暮途穷时，有你在，就不怕了，就能安心了。"

她在暗夜里睁着眼睛，不置可否："我一直想问，为什么是我？"

"你的身上，有一种'定'，目标坚定，始终如一，在自己的路途上稳稳当当地走。这世间已经很少有人能做得到的，而你，你难得一见。"

她翻过身，看着他，看着这个来之不易的男子，看着他说话的唇，吻下去。

10/

她准备试一试。

成年人的世界里,哪一种过程都不能保证皆大欢喜,哪一种命运都不能保证免于麻烦。但她输得起,不用怕。也因为不用怕,就不要左摇右摆了。该投入时就果决,该享受时就彻底。有些情感,来了,就是福分,守住底线,接纳即可。

"你会在哪里留下来?"

"你呢?"

"趁着我们还有力气,四处看看,走走,累了就在当地买个院子,待在那里。就算不久待,偶尔去看看也行。"

这也是她一直渴望的——足遍五川,看遍红尘繁华。他们有这样的资格,也有这样的实力。

"我喜欢广州。"

"那我们就留在广州。其实一年前,我已经让人帮我买了套别墅,已经装修好了,就在南沙,能看见海,清晨的时候一开门,海风就能吹过来……"

"我也有,可能没你的大,但花开得很好。"

离开日本的前一天,江来接他们,大家在居酒屋喝清酒。包厢简洁,灯光委婉,旅居的人聊旅居岁月,移民的人讲移民光景。

她忽然觉得,宁和就是此时此刻。窗外樱花开满,太平洋的风不分地域地吹,而他们在不同的语言里,将酒杯高高举起,将心事略在后头。

她说,我得先回国,公司有事要处理。而陈要去澳洲,也要处理一点紧急事务。

两周以后,他在新西兰给她电话:"来奥克兰好吗?我帮你买好了机票。"

她没去。

又过了一天,他又来电:"想去瑞士吗?我们可以去滑雪。"

她也没去。

她周旋于公司杂事之中,无法脱身。毕竟是创始人,在日本的那几天,虽然能越洋遥控一些事务,但人不在场,总有些项目进程会拖下来,慢下来。休息了几天,就要用多少来补。万物真是守恒。

回国后的几天,会一场接一场地开,文件一个接一个地审,项目进度一个接一个地跟……天天加班到半夜。

有一天,她直到夜里1点,方才结束工作回家。困得不行,车开在沿江的一条路上,她的倦意涌上来,迷迷糊糊中,忽然感到车子一震,猛然惊醒后,发现自己竟开到人行道上了,这时才知道,自己刚刚竟然睡着了。好在路上无人,她也没出大事。

她赶紧喝了一口水强提精神。

之后,她想到这么多年的拼杀,身边温暖太少,关怀几近于无,内心忽然凄凉无比。

她想到他,给他拨了电话。

通了以后,他喂了一声,她正想佯装轻松地说:"在干吗?"没想到一开口,就是一阵酸楚。

"我刚刚差点出了车祸。"

他问清了情况后,说了一句"等我",就挂了电话。

第二天,他乘最早的航班回了广州。

又是一个下班时节,又是一个黄昏,她从写字楼走下来,看见他。

他走过来，自然而然拥她入怀："这几天气色不好，累坏了吧？"

她嗯了一声。

"别担心，我回来了。"

当天，他带她去自己的房子。

那是个占地近600平方米的院子，花园里错落有致，家具名贵，四层楼功能分明，设施更是堂皇至极。

她本以为，自己的房子已经够讲究，一经比较，显得太过潦草。

在三楼阔大辉煌的主卧，他走过来，拥着她，悄悄耳语："欢迎回家。"

她环上他的腰，半是央求，半是表忠心："陈，我不是游戏的人。"

"我是认真的。"

他给了她一个手提包，说："这里面，是我所有的证件，能证明我的身份、资产、婚姻关系，希望你能感受到我的真诚。"

"为什么给我看这些？"

"凌，我们都很忙，我还有业务要打点，你有项目要运作，既然你总是担心，我想，不如以洽谈合作的方式，将所有能证明自己的东西抛出来，向你争取一份信任。"

"对不起，我太急了。"

"你不要自责，按你的节奏慢慢来就好，我会等你，等你了解我，接纳我，我不急，凌，我对你有的是耐心。"

在那个夜晚，海风源远流长地吹过来。她站在海风中央，拥抱他，拥抱她的余生，他的末日。

窗外春意浓浓，生命何其短暂。既然这一生总有坎坷要过，有未知要泅渡，不如就在那个人的身边，就着往事下酒，摘取岁月煮茶，醉生梦死，尽情欢乐。痛了，就着风雨哭一场，开心了，当成意外的获得，这样就不存在得失算计的问题。

这样想着的时候，她站在6米挑高的客厅里，笑着，啪嗒一下，摁亮一盏灯。他走上来，从后面环抱她。

南方的风悠长而透明，穿过他们的窗，穿过他们的千里红尘，人间岁月。

他们的余生烟火，已经波澜不惊地开始。荣华沉下来，泡在光阴里，化为一半家常，一半人生。

既然这一生总有坎坷要过,有未知要泗渡,不如就在那个人的身边,就着往事下酒,摘取岁月煮茶,醉生梦死,尽情欢乐。

SHIWU / SHENGHUO

痛了,就着风雨哭一场,开心了,当成意外的获得,这样就不存在得失算计的问题。

辑肆

「四方食事，不过一碗人间烟火」

 我爱你,像风走了八万里

1/

时逢乱世。

长安刚平定一场叛乱。皇室内斗,兄弟残杀,而后新主登基。

皇城中一日万变,江湖外,却是万年如一。潆州某地,有山,山中有医斋,医斋主人已过而立,长相俊逸,气度不凡。

据街头老者说,也是退隐高人,厌了庙堂纷争、刀光剑影,于此静谧之隅,择一温山良水,设一茅屋草舍,采药读书,安度余生。

他医术过人,但为人古怪,行事怪诞。照说,家徒四壁,檐无瓦,食无荤,这么清贫的日子,多赚点银两也能换些酒吃。

他不要。他医人,极挑。有眼缘者,方医。医好了,无须银两,只需为他在山上种一株梅花。若为大病,起死回生,种十株梅花;小病,种一株。日子久了,经他妙手回春,也治好了百来人。这些患者为感恩,皆来种梅。

于是,满山皆梅,郁郁葱葱,腊月里梅雪相映,落英缤纷,如云似霭,是为无上盛景。

他在江湖中有了别名:梅公子。而他的医斋则被称作"梅斋"。山峦得名为"落雪山",意为花开如雪,满山白头。

一年又一年。他名声渐大，许多人不远万里前来寻医，但并非总能如愿。有些商贾富人，哪怕许以百两黄金求他治病，他也绝不出手，只说："人各有命，无能为力。"

2/

此时正值多事之秋，纷争不断。

哪怕落雪山下也偶有打杀。他因为与世无争，不染红尘俗事，倒换得一时清静。晨昏无恙，岁月无惊。

因梅树多，渐渐也不愁吃穿用度。每年春时，青梅满树，他背着篓，一树一树地摘。到山下卖了，将铜钱扔进一只瓦罐。需要买物什、买酒，就从罐中取。一年大概用一罐。

忽有一日，满山深秋，凉风阵阵，落叶蹁跹而飞。他从山下买酒归来，沿阶而上，暮色如墨洇散。

他听见柴门处有异响，细细一听，有呻吟声传来，连绵不断，极弱，又极惨。走近一看，有女子匍匐在地，一身是血，奄奄一息。走过去一看，方知受了重伤，身上有刀口，碎而深，有一刀几乎见骨。

女子面容姣好，衣饰也华贵，不像粗鄙人家的女儿，倒像大家闺秀，也不知是遭了什么噩运受此重创。他见不像恶人，决定施救。

一日后，女子醒来。三日后，已能说话。七日后，已下地行走。半月后，身子已初愈。朝夕照料，外加救命之恩，女子自然千恩万谢。为还恩，她入厨房，以巧手为他烹一日三餐。

南食北宴，东饮西酥，都在她的巧手之下，轮番出现。晨起时,桌上已有酥饼。薄,脆,削作梅花瓣,嚼作雪花声。

他问:"此为何饼?"

"梅花饼。"此饼与市上卖的厚饼、馅饼、肉饼不同,以宿饼薄切,以梅花蜜薄涂,微糖做馅,再用猪油燁黄,反复炙烤,烤至色泽如金,香味弥漫,铺于木盘,吃一口,芬芳四溢。

茶本不是什么好茶,是他不知何处买的陈茶,平时不喜,也不吃。浓苦如药,色深如血,但她化腐朽为神奇,将粗茶变佳茗。茶色如琥珀,举盏一啜,涩味全无,苦香翻卷,舌有余甘。

一问,方知泡茶精髓在水。湖水不可泡,会浊;井水不可泡,会辛;以山泉入茶,才清冽甘甜。

她在晨光未现时,挑了桶,翻岩过溪,穿林越涧,去落雪山山顶的山涧,取山顶雪水所化的清泉。取回后,以砂罐烹茶。一滚便泡,一泡便饮,析出最好的味道。

他这才知道,自己从前所吃的都不叫饮食,而是果腹。

3/

他终于对她好了奇:"姑娘到底何人?"

"奴家姓乔,金陵人氏。"

再一问,才知道,她本在太子府的膳房做女史,因兵变,太子一系均被波及。她因出府采买,避过一劫。

随后被追捕,到处奔逃。途中四处奔窜,人不像人,鬼不像鬼。逃至落雪山附近,被小贼发现,抢了钱财,又欲劫色,她拼死挣扎,被砍了几刀。贼人以为她已死,才悻悻离去。

好在被人发现,抬至梅斋门前,经他之手,捡回一条小命。

劫后余生的生，弥足珍贵。一日一新，一步一景，事事欢喜，日子均有光。

她对待寻常小事用了心。金菊开，她取金菊，制菊花酥。芋头熟，采芋捣泥，制芋丸。蟹黄之时，取了橙，剜去瓤，将蟹膏肉填入其中，橙盖盖上，放在甑中，以酒水蒸熟做成橙蟹……件件都是一绝。

他吃得神魂颠倒，于篱前花下，饮佳酿，食珍馐，一时惬意无双。

"此为神仙日子。"

"公子开心，我也欢喜。"

"你啊，似从天上来。"他看着她。

她羞色半隐，头微垂："奴家的命是公子救的，如不嫌弃，愿一世服侍公子，伴左右，不离弃。"

"我恐怕给不了富贵。"

"不要富贵。"

"给不了繁华。"

"不要热闹。"

举杯相迎，半盏生风，一杯忘世。月色朦胧中，不知今夕何夕。

4/

一月后，她去山下，寻了十株梅花。梅名为朱砂，花开似血。栽在梅斋一侧。

随后向他道别："奴家放心不下，想回金陵看看父母，如无恙，三月后回落雪山。"

她到底有牵挂。担心父母年迈无人照料，自己又逃亡在外，屡遭横祸，好歹也要报个平安。

他担忧："要不，我随你同行？"

她笑："此处到金陵，行程不过十来日，我回去探望一下父母，安置好家人，梅花开时，我定然返回。"

"一言既出？"

他以为她会说"驷马难追"，不承想，她答："生死不渝。"

离开时，隐约有冬意。两行灰雁低飞，云沉沉，已有零星梅花早开，他取了三朵，簪于她的发间。

落雪山静寂无声，唯鸟雀乱鸣。他站在柴门前，看着她渐行渐远，消失于梅林深处。

此后他采药、行医、食饮，一如从前。

然而日子却变了味，一天有一年长。食不是食，饮不成饮。粗茶淡饭原本也能对付，如今却难以下咽，仿佛滋味大改。

三月后。某个满月夜，三更时分，她站在门口，唤他："公子，我回来了。"

月色中，发黑如夜，笑容浅淡如谜，而那三朵梅花，不谢不萎，如离去时一样鲜艳。此时，晚风歇，梅花怒放，暗香浮动，枝头雪色纷扬。

他迎进来："你回来了。"

"回来了。"她笑。

"父母安好？"

"无妨，安置妥当，一切安好。"此后她留下来，继续服侍起居。夜来铺被，晨起煮茶。

恰逢梅花开，她为他烹梅宴。提篮摘花，洗净，过水一焯，沥干，切末制馅，揉粉打糕，梅花糕、梅花酥、梅花饼，一朵接一朵。

山下冷意袭人，刀光剑影不断。梅斋内外，却是繁花不断，花馔扑鼻。

天冷，他这几日起得晚，赖床赖到正午时，方才披衣起床。她早早熬了花粥，揭盖后，满碗缤纷。

"久食花粥，可成梅花仙？"他笑。

"不会，会有花花肠子。"她也笑。

新雪已下，她扫下花尖雪，贮于陶罐中，一罐一罐，埋于梅斋地下，预备等到明年夏天时取出煎茶。

她也将鲜梅花存于瓶。或摘半开花朵，撒入炒盐，以箬叶密封。夏天时注入滚水，宛如初绽，颜色不改。

又想了法子，以蜂蜜腌渍梅花，制成梅花蜜，冷冽沁甜，滋味无双。

5/

这些时日，二人饮青梅酒，食梅花宴。双目交织，她心中已有异样。

酒至酣处，他从暗室之中取了一柄剑，就着风雪而舞。身形如电，招式行云流水。

她鼓掌欢呼。

红尘已被风雪阻隔于千山之外，世事与他们再无瓜葛。这僻静一隅，只有一个退隐的男子和一个避世的女子，相伴度日，朝斯夕斯。

他舞剑已毕,回屋,于炉前继续酣饮。他问她:"可有愿望未实现?"

"能在公子身侧,足矣。"

窗外一弯雪上月,屋内一炉酒中春,良夜无声。他以为,岁月再无波折;她以为,一生安稳无恙。

"如此岁月,甚好。"

她染新妆,贴梅花钿,穿丝罗襦裙,摘花酿酒,一日不停。他不再穿旧衣,进凉食,所经手的、经口的,都是用尽心意。她知冷知热,永无倦意。

雪停后,他去山间寻猎物,一回家,发现她已悄无声息添了瓦,糊了窗,粉了墙,院子修了篱笆,灶前添了柴火。

去采药,归来时,发现陶碗变玉碗,旧褥变锦被,地面也由泥地,变成青色金砖。

他粗心,暂时只发现梅斋越来越舒心,倘若细心些,会发现屋子里太多物什,均已换新颜。

问起来,只说:"从家中带了些银两,置办了一些,公子可喜欢?"

他当然喜欢。

此后二人日日相伴,朝夕相处。春时,采梅子。夏时,从地底取梅花雪水,饮茶。秋时,采草药,浸白梅,做梅花馄饨。冬时,就着满山雪色,饮梅酒,玉碗盛来琥珀光。人间至乐,莫过于此。

6/

谁承想，噩运很快来了。

三年后，有御林军进山捉拿他，称他是反贼。原来他也曾是太子一系，领军征战，降乱除恶。但早在叛乱之前，他就因不喜当朝酷戾，权谋阴险，早早辞官远走，于这山水迷蒙之处寻一林容身。

内斗，他未参与；叛乱，他与之无关。不承想，还是不能成全。因为清剿余孽，他作为旧部也被追杀。

他站在梅林之中并未执剑，一袭青衫，凛然而立："在下已经归隐，无意于庙堂之事，也未参与政变，但求高抬贵手，放逐于江湖。"

对方也是听命办事，不可能应允。为首的一个，剑芒一闪，已跃至他眼前。

他移动身形，躲过一招。

对方继续逼近，招式凌厉，剑气逼人。他没有办法，一伸手，折了一枝梅花，往前一刺。

对方转过身来，一目已眇，只剩一个血窟窿，阴恻恻地对着他。其余人等，立即包抄上来，四面都是人，八面皆剑光。对阵间，梅公子渐渐落于下风。

正担心自己将命丧于此，忽然，她于梅林出现，罗裙胜雪，轻轻一笑："尔等未免欺人太甚。"随后，她取一捧梅花，往外一撒，花化齑粉，化尘，化雾，人人如痴如醉，不知身在何处。

她娇叱一声："回去！"一群人竟乖乖回。

风雪乍起，雪意渐浓，而后，人不知所终，如同人间蒸发。

雪停之后，他曾出去找，仍一无所获。百十号人，竟如同从未到来过，无声，无息，无印，无痕。

他对她的身份大为惊奇。

她回答说，父亲曾教了些武艺，用以防身。其中一种武艺，就是催魂术——将药粉混入花中，看准风向，扬出，只要吸入，就会不由自主，神魂颠倒。

他以为是幻术。

她笑："不是幻术，无非手快，你来不及看清罢了。"

7/

追他的，消失了；追她的，也不见了。

或许早已经忘了她吧。不过一膳房女史，不至于一直念念不忘。

但二人没想到，不久，山下又有人来。彼时已近年底。

她听见远处有人声。抬眼一看，雪地之中，站着一女一幼子。女子有美貌，披红色昭君袍，立于雪中，如同天外来客。幼子五六岁，灵动可爱。

"有人否？"

她开了门，将他们迎进来，生炉，盛汤，递糕点，预备让二人饮食歇息。

此时他从卧房走出，见二人。

女子激动唤他："夫君。"

而幼童则扑上去，抱住他的腿："爹爹。"

他脸上由惊愕，转为喜色："这是我孩儿？"

"是，你走以后，我才发现已有身孕。"

原来，他逃亡漾州之时，曾在一客栈歇脚。客栈主人是一美貌新寡，可惜愁容满面，郁郁寡欢。

他待了一段时日，从同情到生情，之后某个夜晚，她进入他房中，钻进他的被褥，有了鱼水之欢。

他本想留下来，但不久便听到叛乱消息，知道大事不好。若留，必然牵扯到她，便起意离开，女人又无法舍弃客栈，只有道别。

谁能想到，那几天的交合令她有了身孕。她一直央人打听他的下落，无人知晓。

前段时间官兵进城，她知道有异事发生。再一问，知道官兵追捕的叛军将领竟是他。当即毅然决然带着孩子翻山越岭，来落雪山寻人。见了之后，方知果真是他，皆大欢喜。

说不尽的相思，道不尽的离愁。说到缠绵处，两人抱头痛哭。

他喃喃着："今生定不再负你们。"

"不离不弃？"

"不离不弃。"

8/

黄昏，她做好茶饭，唤三人就餐。

还未踏近，就见窗纸之上，有一对相拥的影子，不知觉间，竟泪眼婆娑。

入夜后，她收拾、清扫，为三人烧水沐浴，又为他们展被铺床。因知道他们将重归于好，手头的动作，哪怕只是拎被角、掖被单,也有千斤重。

"被褥已铺,请安歇罢。"

她退出卧房。外面风雪已停,冷月当空,遍地皎洁,空气冷彻肌骨。

她坐立不安,不寐不眠。午夜时分,她披上斗篷,在院中闲走。

到他的窗下,隐约听见呻吟声,那样酣畅的呻吟,她一生未曾发出过。他的怀,从未为她敞开过。

她站在那里,百感交集,竟一动不动。

三更时分,他起夜,看见院中有人,一身雪花,吓了一跳:"你为何不睡?"

"公子,你看我种下的朱砂梅,已经开了。"声音幽然,如同从地底传出。红梅如血,点点开。

"天冷,快去就寝。"

"可否陪我到梅林走走?"这是她第一次央求,也是最后一次。

一路北风,梅影疏淡,雪意一望无际。

她时不时回头:"冷吗?"

他摇头,困惑地走着。

她将自己的斗篷解下,替他披上,继续前行。

他有些乏了:"欲往何处?"

梅林深处,她总算止步,回头,目光灼灼:"今日就想问公子,你心中有没有我?"

他本想回"你今日好生奇怪",到底忍住了,犹豫半晌,还是果断说:"我待你,如家人。"

"不是恋人？"

"不是。"

她静默半晌，忽然凄然而笑，接着有泪流，再接着，天地有异象，人有异状，她泪落成血，血化红梅。一瞬间，红梅纷扬，如红雪，似红尘，天空顿时成赤色。红的天，白的地。皑皑雪光之中，她的血泪越发凄艳绝伦。

他又吃惊："你，到底何人？"

她依然是她。只是，那年下山时，她一踏入金陵地界，就被人发现，举报给官府。之后有人提前在她家设了埋伏，她一进门，发现父母早亡，而自己如同羊入虎口，被人一剑穿心，猝然死去。因与他有生死之约，也因心怀深情，魂魄依依不去。

三月后，她还魂归来，回落雪山，伴他左右。天长日久，以为自己仍是生人，与他朝朝暮暮，成凡俗夫妻。

谁能想到，世事难两全。他心有所属，对她并无情意。于痛彻心扉之际，才思及身世，恍然明白，自己早已不在人间。

一切不过她的痴念一场。醒时一无所有，心无所系。

她大叫一声："好苦……"声音凄寒，久久不散，伴着这缕声音，幽魂散去，如羽纷飞，如同从未到来过。

他站在原地，呆滞如石，静穆如古树。原来她因他而生，因他而来，其中因果，这悲怆来回，竟是这样一场传奇。

9/

此后几十年，梅斋静好。

他与妻孩相伴落雪山，看梅开梅落，岁月无忧，一生无事。

朝中无人知晓他仍在人世，江湖也无人知晓他的来处。

那几株朱砂梅，年年开得艳。雪一下，绽得如泣如诉，似有千言万语，借这赤色，要说与人听。

很多年过去了。某一晚，梅斋有异香，如迷香，如幽魂。他缠绵病榻已久，知道自己时日无多。医了一世人，医不好自己。

妻子老了，儿孙跪在榻前，静默无声。他知道大限已至，回望一生，已无牵挂，所负的，只有一个人。

回光返照之际，家人送来美食。巨胜奴、贵妃红、汉宫棋、金乳酥、曼陀样夹饼、金铃炙、七返膏……满几美食琳琅，他一口未动。

忽然睁开眼，虚弱地问："有没有梅花酥？"

众人相看，没有。

妻子忙交代："快去做。"

厨房开始和面、捣粉、揉馅、炼浆……烟火鼎盛，忙碌不已。一个时辰后，已做18种梅花酥，放在玉碟之中，一碟一碟呈上，满室酥香。

他环视一圈，依然一口未动："都不是当年的梅花酥。"

午夜已至，烛影摇曳，恍惚间，门帘浮动，他睁眼望去，卷帘间，有一女子蹁跹而至，依然是当年容颜，依然是那袭白色丝襦罗裙。她从未老去，不像他，已满头霜雪。

"公子。"她笑，款款而来，手中举一盘梅花酥，"听闻你想念，特来为你烹制。"

他瞬间食欲大动。

她拈了一块，递给他。

他含住，缓慢咀嚼，唇间有春，齿间有风雪，舌尖梅花盛放，无边无际。

四更时分,他离去,神容安详,仔细看时,唇边仿佛有笑意。满斋悲哭,但无人知晓,他已无憾意。

窗外大雪纷飞。野史记载,那一场大雪百年不遇,雪化之后,山头红梅枯槁。人去梅凋,满山花落。

此后,山河阒寂,人间百年太平。世人逐渐忘了,曾有一良医种了满山梅,也不会记起,曾有鬓间簪梅花的女子,穿越生死而来,烹馔梅花宴,爱过一个人。

只有梅花酥留了下来。

梅间有人,人比花媚,深情掩于粥饭间,只是所有的梅花酥,都不是那年的梅花酥了。

 人间味

1/

我的母亲老了,而我,也即将老去。

还在年轻一点的时候,她和我说起更年轻的曾经。

晚秋的风中,她站在镇口,站在一身崭新的衣裳里,对着迎面走来的青年,把头深深地低下去。那个人,后来成为我父亲。

"你爸爸是辽田村最好看的崽哩……"她笑,羞色半收半隐,柔软得像一块刚出锅的碱水粑。这是母亲极少见的没有戾气的时刻。

母亲17岁嫁入周家,正值梦幻年纪,来不及懂事,就被赶入成人生活。她被烟火、白盐、毒日光所腌晒,提早进入中年。贫穷如同她的褐斑,牢牢附在脸上。秋收后的空旷日子里,她在屋子里览镜,发不出半点声音。

如今翻看老照片,看到母亲初嫁时,长发结辫,脸庞温润如瓷,便深感岁月蹉跎,亦能隐隐揣摩到当年她的失落。然而年少时,对她实在缺乏体恤之心。我被母亲的歇斯底里弄得心惊胆战,及至后来渐渐无情。

2/

新婚不久,爷爷便与父亲分了家,家中给了一只炉罐、几筒米,还有一些不值钱的物什,让他们自己谋生存。

母亲站在窗前,站在仍旧鲜艳的红双喜下,面对着家徒四壁的新生活,揽住父亲的胳膊,笑,满是年轻的乐观。

有一年5月,母亲怀着孕,挺着肚子去耘禾。她站在水田里,毒日头淋下来,蚂蟥凶猛地吸食着她,她几度眼前发黑,挣扎起来,穿过太阳地深一脚浅一脚地回家。

门关着,里面是父亲的难堪。

奶奶坐在她的床前,劝慰她,勒令父亲给予她承诺,挽救她的心碎。

那个夏天,因为她生产,父亲独自干完了几亩田的活。双抢时节,他从日光微明,忙到星斗满天,靠在打谷机上发出沉沉的鼾声。

母亲说:"看在孩子的分儿上……"

后来第一个孩子出生,他们欢欢喜喜地庆生,又做满月酒,接着庆祝周岁。他们磨了一担糯米,做了几大簸箕周岁粑,撒了芝麻,挨家挨户送过去。

那是1984年的秋日。村庄的河沿上,芦花在飞,像大地白了头。她看着她的孩子坐在他肩头,绑着弯角辫,举着长芦苇,和着他"得里个当,得里个当"的叫唤,手舞足蹈,不自觉地心生原谅。

她回到灶火前,用青春和爱做佐料,伴着贫瘠的生活,烹制一道道晚宴。

夏天的夜里,她坐在竹床边,一边给我们赶蚊子,一边讲故事。她讲白蛇传、孟姜女哭长城，偶尔也讲关云长千里走单骑，说那是真英雄。

3/

母亲厨艺很好。

附近人家有婚娶，多请她置办流水席。她在厨房中穿梭，舞弄厨具，调制饮食，把各种杂料混成一处，煮成大锅稠汤，做第一道喜宴上桌。

我端着空碗，卷着舌头问："阿妈，这是什么？真好吃！"

"什锦汤！"

什锦汤，它杂烩人间百种滋味，浓稠厚重，淋漓铿锵。村庄人赋予它寓意：什锦，食锦，食后河山锦绣，半生繁华拉开帷幕。

她平时也喜欢做这道菜，一来方便，二来喜庆。只是，喝再多的什锦汤，也无法阻止生活渐渐走向悲苦。

第二个、第三个孩子出生以后，贫穷更加疯狂地蚕食这个家。又因为辛劳、卑微、世态炎凉和不见希望的前路，她渐渐敏感易怒，神经如履薄冰，微末小事便能轻易令她发作。

他们开始反复争吵，像两个仇敌，被困在斗室之内。他们终于吵到所有人都习以为常。奶奶不再来观望和劝阻，邻居不再会打开窗户，我们呢，各玩各的，读书的继续读书，干活的继续干活。

除了腊月晴天，家家户户开始酝酿节日的狂喜，这场日日上演的战争，才有暂时消停的可能。

母亲在檐下浸米打浆，烧灰滤水，焚火蒸粑，预备着旧历年的丰盛。她的脸除却往日的阴霾，蒸满金黄的芬芳。她用大炉罐烧热水，唤我们泡脚。六只小脚丫在令人战栗的温暖里追逐着，像六只幸福的鱼。

父亲捏着火钳往灶膛填柴，看着母亲一手拿油瓶，一手操锅铲，站在香气中，和锅里的菜肴一样可亲，调笑起来："嗬，双枪老太婆！"

拳头粑满盘流金，糯米丸颗颗潋滟，薯皮大苕子挤挤挨挨，填满我们的碗。我们兴奋地擦桌铺筷，走路带着跳，高声呼和着，预备享受这一年一期的、在意识中预演了千万遍的盛宴。出乎我意料，即便是那样燎烈的情节，最终也以悲剧收场。

那天晚上，父亲又变成一只拳头，没有面目。我的母亲亦形状模糊，她只剩下声音，尖厉的、狠毒的、刀子一般的声音。

事件起因很简单：债务、无休无止的债务，他们不知怎的引发新怨旧恨，话不相投。

她终又崩溃，种种绝望压顶，渐渐无法自持。她用哭声与咒骂来发泄她的陈年怨怼，引得更加暴怒的武力回复。她在冰凉的泥地上挣扎，头发散乱，周身伤痕累累。

我立于一侧，不惧，也不哭。太污秽的言语，已使她在我心中等同于罪恶起源，我应有的惊恐和同情已被她反复的发作耗尽。

记得有一回母亲在井台滑倒，歪着嘴角喊疼，我站在一旁不动声色，看着她蜷缩，看着她捋起裤腿验证血液汹涌，看着她怒骂我木薯蠢猪贱婊子，看着她离去的荒凉井台被落日照出参差的斜影，心中没有一丝愧意。我早已在心中发下誓言：如果我变成母亲一样的人，我就一定去死。

可是，后来我悲哀地发现，我性子中的暴戾根深蒂固，它潜伏于我的体内，无声无息，但总会在某个时机露出端倪，暗示它的邪恶。如同一只城府很深的寄生虫。

我们虚弱地喊着停手，喊着别吵了别打了，简单而机械，像一种仪式。

母亲渐渐停止她的撕心裂肺，但嘴角依然抽搐，脸庞变形。我们预感更恶毒的咒骂呼之欲出。

然而没有。她忽然推开门，走入冰凉夜色。

4/

旧历年大年夜的寒风里，她带着满身伤痕，穿着破碎单衣，携着失重的生活与超重的苦痛，跟跟跄跄在满世界的黑中奔走。鞭炮在她耳畔高潮迭起，炫耀旧历年的喜庆圆满。

她身无分文，趿在脚上的棉鞋，有一只掉落在家中阴暗的角落。

母亲的悲伤并没有引起我强烈的重视。

年夜饭已经凉了，我很焦急，我迫切地想尝试红烧肉和碱水粑的味道，想喝一口鱼汤，想尝尝薯皮大饺到底好不好吃……我关心那些食物更甚于母亲的出走，但在父亲的阴冷里，我不敢动弹。很久很久，木桩一般的父亲终于动弹了。

他说："吃饭！"

我说："阿妈呢？"

他说："随她，要死要活随她！"

我们开始吃饭。火炉渐熄，屋子冷了起来。

我们谁也不说话。我的瓷羹不知怎的碰到了汤钵，"当"……

剧烈的响声让我吓了一跳。

但当我紧张四觑,却发现大家都垂着眼帘,没有任何表示,忙碌着筷子与嘴巴的传递,仿佛那是人世间最重要的事情。15瓦的电灯泡像只偷窥的眼睛悬在头上,他们的脸肃穆而苍白。

一生再也没有遇见过那样的除夕。在我的记忆里,1992年的年夜饭奇特而荒凉,它笼罩在某种阴影中,定格了极致的喜庆与极致的悲哀,像影片被按了暂停,停在一帧达利式的画面上。

次日清早,住隔壁的奶奶揉着眼睛问:"阿娥哪里去了?"

她冷漠的表情让我无从辨别她是否已知晓事件。父亲头也没抬,阴着脸,吱呀一声拉上大门,扣上钩链。

我们走7个小时的山路,赶到外婆家。

鞭炮声耀武扬威地响着,拜年人提着鲜艳的礼物,兴冲冲地走在田陌间,明亮,昂扬,被所有人欢迎和接纳,就像一句句金玉良言。而我们则如同4句废话,灰头土脸,不被人看得起,自己也不大看得起自己。

出乎我的意料,母亲躺在外婆的木床上,在那唯一可依的温暖里修复她的重创身心。每个人都吁了一口气。

我至今无法想象她如何在黑夜里穿越那阴森浓密的莽莽高山,怎样避开那深达10余丈的深涧,怎样避开老虎、狼、野猪等恶兽的威胁和骚扰,走六七个小时的夜路,在晨光熹微时,叩响那扇藏在深山里的大门。

父亲待在母亲床头一下午,安慰她,听她咒骂,应她的要求许诺加倍的温情。

他还有一地狼藉的生活,摊在周家贫困荒凉的屋子里,等待着她去帮他打理。他不能不低头。而她,自从17岁晚秋在镇口见到他，这个英俊的男子就成了方向，她半生跟从，不管狂风暴雨，还是春暖花开。

晚饭，我们围在一起。父亲给我们夹菜，也给母亲夹菜。

她脸上的瘀青和血口子不再张牙舞爪，坚冰乍化的畅快在饭食间流动。我们都松了一口气，以为境况从此逆转。

5/

然而，生活不是小说，没有一厢情愿的终结与开始。

她回到她的格局，继续她的沉沦，继续她的压迫与被压迫，继续在三餐粥饭间悲喜无常。她渐渐开始对我抱怨，认定我无情无义，亦在无意识之中，将所承受的倾轧，返还我的身上。

有一回与妹妹吵闹，她揍我，几近疯狂地将她半生承载的委屈和生存压力在我身上倾泻而出，在语言暴力和行为暴力中发泄自己的悲愤。

那天下午，我在水边坐了很久，在某些决定之间举棋不定。直到后来，未来带着令我迷恋的可能挽留住我：我才华横溢行走千山万水，我锦衣华食不再凄怆，我坚定强大不再卑微屈辱，我直起腰身，把半生阴影抖落于身后……而我不能切断这个实现的机会：活着。

黄昏时，我回到家。推开门以后，屋子又是一地惨败狼藉，我的父母又在彼此的硝烟里奄奄一息。

在那些切身的痛苦中，我狠狠地培育我的愿望：逃离，逃离！从家庭逃离！后来，我理所当然地离开家。在陌生的天地里，深感世界广大，世界是如此自由和安宁。再后来，我开始恋爱，孤注一掷，疯狂地追逐温暖，哪怕是焚我的火焰。

有一年，我和一个人在一起。

周末在饭馆吃饭，母亲和父亲坐在席首，以准丈人丈母的身份暗暗审度请客的人。艾地多辣，那人不喜当地饮食，却点了满桌浓烈，他殷勤服务，自己却进食甚少。

母亲因此感动，觉得这般舍己为人，应该可以信赖。她受够了不懂退让的相执的苦楚，把体贴当成男人最大的美德。

然而，埋伏于我体内的病毒渐渐发作：暴戾、贪欲、多疑、克人克己。他最终不能忍受我的狰狞，和诺言一起失去踪迹。

我深知这之于我、之于母亲，都只是一场验证。我最终还是变成了和她一样的人。

2014年的11月，她50岁生日。我们没有别的方式可以对她表达庆贺，只有大肆蒸煮。现世荒凉如此，想来唯有馐食可做安慰。我们燃起满室油烟，铺开大量杯盘，载满五色五香五味，在纷呈食物中替她完成更年仪式。

母亲坐在烛光里，白发苍茫，手指颤抖。人生走至此地，物质渐丰，但仍是悲凉仓皇，所得全然不能与伤害相比，杯水车薪一般，对她敷衍地安慰。

她忽而又提我的婚嫁，我不喜欢，说："你与父亲这样的榜样，早已使我寒心，幸福真是笑谈。"她怅然无语。

半晌后，她重又开口，说："没想到我们伤害你那么深……"

她只念过小学三年级，平日言谈，多是直接得堪称粗暴，或者朴素得近乎乏味的话语，唯有这一句，极尽温柔，极尽愧疚和沧桑。她于是赎罪似的，以她的方式，默默为我的圆满而奔走。

春天的时候，她去周边寺院为我祈福，回来在屋子东角插桃花，又买了转运竹，坠上姻缘符，希望我被幸福光顾。

又听说九宫山上有寺院很灵，她计划着什么时候，去为我抽一道签，许一个愿。

艾地之南有橘林，秋后山野渐红，母亲和我一起去。

其时已近冬至，满地落橘，枝头稀疏。采了一个剥开，意外汁多液满，递了一半给母亲，她吃下去，笑着说要留点过年吃，讨个好兆头，橘子吉利嘛。

人世间的各种物事，紧要的无关紧要的，她都用着心，抱着隐秘的希望去谨慎对待，以为这样能换得神迹降临，或者改良的契机。

她依然在唠着什么，我的眼泪已经掉了下来。

我还记得她的哭喊、她的恐惧与哀告，她每一次虚张声势地离开后，终又沉默地回来，在灶间厨下，为我们准备一日三餐。

她在入夜时抹去眼泪，说："我只是担心你们饿了！"

不远处的人家正在准备晚餐，炊烟飘动，仿佛房屋的轻柔呼吸。一朵云染着金边，在艾地山峦上轻轻荡漾。

母亲提起半袋橘子，说："天黑了，我们回家吧！"

我说："好，回家！也是该回家了。"

母亲走在前面，我跟在后头。我踩着她的影子，亦步亦趋，像延续某种命运。一样的困苦、残缺、孱弱，一样羞惭于自己的黑暗，一样卑微地希望又失望，重又希望。

此时，城市华灯初上，万物驱于从容。我和她沉默地走着，带着各自的坚硬和咸涩，继续朝前走着，就像两粒挣扎的盐，在人间五味杂陈的食宴中，渐渐柔软，渐渐融化，渐渐宽宥曾经的煎熬，和世界重新接纳。

 家人闲坐,灯火尤可亲

1/

我的老家在异省。

20世纪90年代时,那还是一个典型的中国村庄,炊烟四起,四野静谧,白色飞鸟一行一行掠过长天。

那时候,院前桃花开,屋后李花白,爷爷奶奶都还在。他们须发皆白,步履蹒跚,但互相扶持。暮年的日子,他们依然认真地、一板一眼地,将它过得滋味万千。

2/

爷爷喜欢土地,喜欢赤着脚站在土壤中央,与植物为伍,按节气起居,依四季耕作。

他有一方小果园,果园围着木槿篱笆,过人高,上面晾着旧衣裳。里面种着橘、桃、梨、苹果、李子、葡萄,还种着韭、蒜、白菜、萝卜、马铃薯、辣椒、茄……

园子里,绿意参差——萝卜缨沾着隔夜露;橘树开了花,浓香一蓬一蓬。丝瓜花呢?哎呀,可太淘气了,从叶墙里伸出金喇叭,一个接一个,噼里啪啦地吹,吹啊吹,吹得春光到处飞。

这是最好的人间光阴，太阳在屋顶，喜悦在心上。

爷爷那时已经70多岁，满头白发，但他一直劳作，扛着锄，帮南瓜浇水，为豆子刨土坷垃。他在干爽的畦陌间踱步，朝露从小雏菊的花瓣上滴下来，拂过他的脚尖，萱草匍匐在路边，摩挲了一下爷爷。

奶奶走出来，托着绿豆粥："歇一阵子，先喝粥吧！"

日头逐渐上来了，光线由谷色变成了白色。爷爷去井边打水，冲洗，坐在穿堂风中，喝下已经微凉的绿豆粥。

绿豆被奶奶熬得烂、绵、化沙，入口即化，顺心顺胃。

3/

午后，爷爷躺在竹椅里读书，摇头晃脑，吟哦不休，像唱戏文。

奶奶笑了笑，但早已见怪不怪了——他这人，一辈子都这样，读到酣畅处，就会唱，改不了。

她在厨房里，开了半导体收音机，点了火，摊开盘箕，一边听评书，一边做果干。

后山上种了李子树。秋天时，漫山遍野都是红果子，吃也吃不了。奶奶提了篮子，把李子收进来，用盐水泡了，沥水，用土方法做蜜李。

过程我是不知道的。只知道，一粒粒红褐色的小干球，被奶奶晒在院子里，散发着一股微酸的、发酵的气息，吃到嘴里，心脏都跟着皱一下。

奶奶喜欢做点心，喜欢将庸常的食物加上巧思，让它们变得更有意思。

她将红薯和了糯米粉,揉成团,撒上芝麻,切片,晒干,做"兰花片"。冬天时,就着满院落雪,用油一炸,满嘴浓香。

她将大米磨浆,掺以碱水,做成碱水粑。碱不是化工制品,是奶奶用草木灰水滤出来的,那滋味更香浓。

还有一回,她用白芷炖了鸡,说吃了能长高,但当下不能晒太阳。我于是小心翼翼,不敢上厕所。实在憋不住了,就像只壁虎,紧紧贴着墙面移过去,生怕太阳淋到我身上,枉费了奶奶的心意。

4/

时间在老人那里几近静止,在孩子那里,跑得比最快的马还要快。

我们快快长大,念书,毕业,再念书,再毕业,继续念书……

我们不断地换地方,离家越来越远。最开始时,寒假暑假就能回家,再后来,只能春节回家。

一到年关,爷爷奶奶早早赶集,买肉,买鱼,烧暗火熏制,制成腊肉熏鱼,囤在仓里。她酿了米酒,磨了豆腐。从小年夜时,她就开始打米做糕,扫尘除灰,等待孩子们归来。

那时的冬天,总是有雪。北风吹了一夜,一推门,村庄都白了,天地一色。

奶奶叫上爷爷:"下雪了。"

爷爷穿衣起床,看见温柔而浩荡的白,眼睛也亮了。院子里,积雪很厚，雪花还在不断地下。爷爷已经顾不上了，穿上雨靴，在雪地上转悠。一边走，一边回头看自己的脚印，然后用脚，踩出个"周"字。

奶奶笼着手，在门里看着他。他团了个小雪球，笑着，扔到奶奶的棉袄上。

奶奶嗔怪着："你这人……"然后，她换了雨靴，也走到雪地里。

屋顶全白了，柴垛上也顶了一个白笠儿。柴火被雪水打湿了，好在中间的还是干的。爷爷抽出一捆柴，抱进屋子，赶紧生火取暖，燃炉煮饭，烧水烹茶，末了牵了奶奶过来烤手。

雪还没有化，春节就来了。亲戚们踏着鞭炮声来拜年。

二十几个人，分两大桌，吃得欢天喜地。吃到后来，院子里是人，屋里是人，园子里也有人。孩子们像毛团团的小雏鸡，一会儿滚到这儿，一会儿滚到那儿。

这种热闹他们很久没有了。爷爷说："过年真是好！"

但他没有预料到，下一个春节，他没有等到同样的热闹。

他等到的是一个不会醒来的噩梦——奶奶忽然瘫痪了，从此，再也没有站起来过。

5/

那个春节和以往的春节，看起来并没什么不同。他们的儿子女儿、儿子的儿子、女儿的女儿，从远地赶来，看望他们。

奶奶那么高兴。堂前堂后忙着，在灶下的柴和蔬果鱼肉间周旋，要做出一桌盛宴，款待满堂儿孙。

事情忽然就发生了。

当时我正站在过道，在一角柜子前，切着些什么。一转头，看见奶奶捏着火钳，想往灶膛里探，然后就突然栽了下去，整个人如雕像般，梆硬地翻在灶前的柴屑柴灰里。

送到镇上的医院后，有人说："脑溢血。以后大概站不起来了……"

爷爷读过书，懂《周易》，也通五行八卦，常常给我们算命，告诉我们，此生劫数几何，命数怎样，应对的良策又是哪般。

我年少时总以为他是异人，洞悉天机，古书一翻就能知道答案。只是神明如他，不知道有没有算到，奶奶的跌倒以及她孤独又狼藉的余生。

他背着奶奶，一步步从街上挪回来。两个人，两丛白发，两具被岁月折磨得无可奈何的躯体，互相扶持着，沿着走了半生的路，回家。

人生就是一条归途，所有的出发，都是回归。走到后来，人渐渐少了，只剩下自己，独自与苍老和虚弱对抗。

因此，老伴二字，才显得如此可贵——在最无力的晚年，故友渐去，儿女渐远，如果还有一个人，从少年相伴到晚年相依，就是最大的福分。

在爷爷背着奶奶进门以前，我一直以为，他们永远都不会老，疾病不会到来，死亡遥遥无期。但见到他们的那一刻，我忽然懂得，什么是相依为命，什么叫唇亡齿寒，什么是时日无多。

6/

  他们是年少夫妻。他们一起经战火，一起受迫害，一起迎来晚年寂静，儿孙满堂，生命渐如油尽灯枯。

  奶奶是上饶人，因爷爷嫁入异乡。大伯出生的时候，他们还是昌明隆盛之家，诗礼簪缨之人。后来，时局大变。她和爷爷背上各种成分，受尽苦难，活着本身成了一场漫长的刑期。晚年境况平和，奶奶说起旧事，依然落泪，于是更加不舍。

  她看着爷爷走到园子里，莳弄完菖蒲花和美人蕉，直起腰时，动作越来越慢，越来越慢；她看着爷爷开始从早咳嗽到晚，看着爷爷越来越糊涂；她坐在矮凳上，帮他清洗昨天的衣服，用不再利索的发音，说："要是我死了，他可怎么办哦……"

  没想到，更早离开的是爷爷。爷爷在他72岁的某个早上，离开人间。

  爷爷离开的时候，我不在村庄。听母亲说，他没有留下什么话，只是唱了一晚上的戏，他唱："我本是卧龙岗上散淡的人，凭阴阳如反掌保定乾坤……"也唱："我好比笼中鸟有翅难展，我好比虎离山受了孤单，我好比南来雁失群飞散，我好比浅水龙困在沙滩……"

  第二天早上，戏唱完了，人就走了。

  我无法知道，奶奶听着满屋哀乐是什么感觉，只知道，她更加不好了。从前还能讲话，现在渐渐不再会讲。

  她窝在一张散了藤、垫了絮的藤椅上，一日日熬着。这一熬，就是10年。

1/

  10年，足以消耗亲人的关爱，磨蚀照顾者的耐心，足以让人以为，也许她就会永远坐下去，静下去，就像园子里的一棵树一样，不声不响也无诉无求地活下去。但这只是我们无能为力时，用以自我安慰的想法。

  奶奶一直是清醒的。因为清醒，她深知自己的狼狈，也深知自己正成为累赘，成为家人负担的来源。

  她不能再站在门口，等着爷爷归来，递给她一颗香瓜，不再能清洗自己、整理自己，不能听评书，不能做果干，不能看书，不能烹汤煮茶、揉粑制糕，不再能讲一个个故事……

  因为脑溢血，她的口齿也越来越不清晰，话不成话，句不成句。于是，陪她说话的人，也渐渐没有了。

  她承受了许多狠话和冷暴力，更加难过，也更加憎恨自己。活，无法清爽地活；死，无法利落地死。人至暮年，最尴尬的事情莫过于此吧。

  有一回返乡，和弟弟妹妹去看她，一走进她那气味复杂的小屋，她的眼睛眼见着亮起来，脸庞抽搐，温热而枯槁的手，一直紧紧握着我，喃喃叫着我的乳名："玲俐啊，玲俐啊……"然后，眼泪一蓬一蓬地溢出来。

  奶奶本是个讲究的人。哪怕是在那终日被批斗的时代里，也要做到：发丝整齐，衣服干净，做人有自尊，不可不检点，不可没分寸。何承想，在生命的最后10年里，这些都无法成全。

  那时候已经是晚春，屋子还关着窗，生着炭火，藤椅边是便桶，不远处放着大沓大沓的劣质手纸，异味扑鼻。

我坐在她身边，说："奶奶，我帮你剪指甲吧！"

她听话地把手交给我，安安静静的，如同一个孩子，似有满腹委屈，又似乎在此刻，她已不想申冤。

剪的时候，她不时地看着我的脸，想说什么，嘴唇嗫嚅着，最终什么也没说。

可是我懂得，全部懂得：在生命的末梢，她得到一丁点儿爱和尊重，哪怕只有一丁点儿，都觉得受宠若惊。

后来我要帮她梳头发，但她怎么也不肯，反复说："腥臜，腥臜……"

她怕她的脏，毁了我们对她的好感，所以宁愿忍着。她如此小心，小心得让人戳心窝地疼。

那天坐到很晚，但终于还是要走了。我们都有各自的工作和生活。我说："奶奶，我们以后再来看你……"

她点头，然后一直看着我们出门。

转身的时候，我看着她，她也看着我，又重复了好几句"再见，再见……"才走出那扇门。

妹妹说："奶奶太可怜了，以后多回来一下！"

可是，以后就没有以后了。

许多时候，我们都以为来日方长，可一不小心就是后会无期。

8/

2010年元旦的第二天，奶奶走了。

大伯把我领到一张狭小的竹床前，揭开覆在上面的白布。

这是我最后一次看到她，如此瘦小，如此萎缩，浅泥色的脸只有巴掌大，泛着青，眼睛紧紧地闭着。

那天进行了几项什么仪式，我已经记不清了。只记得浇石灰的时候，我想起许多年前，她曾与我们聊村庄里的老人。

她说，有一个人死了，入了殓，盖了棺，守灵的晚上，有人听见里面噼噼扑扑的声音，打开一看，竟活过来了。方知是假死。扶起来，喂汤喂饭。再活了二十九日，又死了。

奶奶说："我要是死了，你们别给我压石灰……太吓人了。"

我告诉了葬礼主事的叔叔，他说："人都死了，感觉不到了的……"又说，"里面不盖不干爽……"

石灰依旧一袋袋剪开，一层层盖了上去。我的奶奶，隔着满棺石灰，隔着生与死，从此与我们永生不再见。

第二天灵柩上山，天空忽然落了雪，不大，稀稀零零的，入地就化了。

但极冷。有个抬棺材的八脚说，好多年没这么冷过！

我在唢呐声里高一脚低一脚地走，恍惚极了，像走在虚境中。一切都是混沌的，只记得有一只纸扎的白鹤立在高高的棺木上，一颠一颠地点着头。

9/

墓地在辽山。

那是村子里最高的山峰。周围有老松、枞林，还曾有一座传说中的庙，一夕之间，从山顶陷落下去，没有了。

当然，这里还有我的爷爷。这是他们的故土，也是他们的归处。

更早的时候，这是爷爷的土地，山下是他们的家。门前有梨花，屋后有山茶。和平年代里，他们曾在这里一起"开轩面场圃，把酒话桑麻"，也曾"我醉君复乐，陶然共忘机"。

奶奶在这里，爷爷在这里，太爷爷在这里，太爷爷的爷爷也在这里。

年少时和爷爷一起上坟，他在一排小小的坟前，一边拔着草，一边指认故去的亲人，说："这是叔公，这是姑婆……"

我问爷爷："为什么人会死呢？"

"因为人累了，就休息一下……"

"那你会死吗？"

他捡了一片地上的枯草，递给我，说："你看，就跟草一样，发芽，开花，长出种子，它做完了该做的事就休息一下，然后第二年再长出来……人也是一样的。"

村庄里老一辈的人说，亲人走的当天，留在世上的人会看见异象。但是我们没有。

奶奶死的第二天，我就睡在老屋。夜里风大如吼，雪粒似有似无。我本以为她会回来，和我们说一声再见。比如，让我无意中，在她的窗子上看见一抹剪影，走近一看，是她，绾着髻，穿着青布裪，正调试着她的黑壳收音机，想转到某个电台，收听一段悬而未决的评书。或者是爷爷和她，在灯下对坐，一个捧着古书，一个端着盘箕，制作着什么果干，等我叫他们的时候，就像一个梦一样消失。

是的，这一切都没有发生。她走得很坚决，连回头都不想。

只是许多年以后，父亲说，他梦见了奶奶，还在童年时的老屋，奶奶指着水缸里的水，对他说，你看，没有多少了，要珍惜一点呀……

"只是这样?"

"只是这样。"

今年清明,原本应该回去看望,在他们坟前烧点纸,洒点酒,陪他们说说话。但因种种缘故,还是没能回乡。

但我不担心他们生气,因为我听懂了奶奶的话:缸里的水不多了,时间是有限的,珍惜眼前人。

我也听懂了爷爷多年前的话:老去是一定的,趁活着,好好活。

世事无常。说到底,从没有来日方长,只有想要的人留不住,想爱的人来不及。

忽然想到某一年,也是清明,爷爷奶奶还没走,他们坐在院子里,用艾叶揉汁,和粉,做青团。爷爷对奶奶说:"我想过了,还是你先走,这样你可以少难过点。"

奶奶回答:"恐怕不由我们做主。"

沉默半晌,她接着说:"死管不了,活着就说活的事……晚上吃菜泡饭好吗?"

那时远山静默,白色李花漫山遍野地开,炊烟四起,又得浮生一日凉。

 当你穿过人间风雪

1/

每年大年初一,鞭炮的浓雾还没散尽,母亲吃过饭,收拾妥当,便说:"我去寺里一下。"

她要赶早,去"寺里"上香。那个寺,其实不是寺,是观。母亲分不清。

同样,她也不知供奉的什么,不知道观与寺院,归属于不同的宗教,她只知道,不管什么来路,遇了便拜,但求心安。而后,沿着遍地碎红,半城烟火,一个人,攥着她的心愿,去道观里上新年的头一炷香。

她本来没这习惯的。她是清刚的妇人,信自己,不信命。家里穷的时候,几个月没荤腥,更上不了学,她和父亲已经疲于奔命,还是商量着,要弄到更多的土地、种更多的作物。

夏天的夜晚,她扛起锄头在野地里开荒。夜幕四合,怪鸟喈喈而笑,野兽嗷嚎,山风如咽如泣,不远处,磷火闪烁,黑影幢幢,林雾如鬼魅。

她不怕。她握紧锄头,用力地扬起,又拼命地砸下,她大声说:"真有鬼,就帮帮我家伢崽上学吧……"等了一会儿,没有鬼前来,也没有奇迹发生,她遗憾地想:"唉,只有自己才能改变自己的命呀!"

有一年正月，村里的东岳殿送神，抬着镏金的佛像，打着镲，敲着锣，吹着唢呐，从村头，走到村尾。这是难得的盛事，也是纳福求财的良机。家家户户，炮仗齐鸣，伏地叩首，争给香火钱。我们没鞭炮，也没钱给，只远远地看了会儿就回到内屋。

母亲安慰说："要是拜菩萨能让日子过好，那就都去拜菩萨了……"

她鼓着劲，咬着牙，用一种朴素的蛮力，应对贫穷压顶，如西西弗斯一样绝望的生活，从不虚妄，也不天真地向神灵求助。

她一天接一天地，一年接一年地，早出晚归，面朝黄土背朝天，用她的辛劳，拉扯我们三姐弟长大。

后来，我们终于长大，更大的噩运紧接而来，尤其是我的事让她忽然失了分寸，竟至于处事大变。

那是我生命中最抑郁的三四年，其中苦痛，无法赘述。我一直以为，全世界的苦都在我身上担着。可我不知道，全世界的苦，加上我的苦，都在我母亲心上担着。

某年冬天，回到久违的家，坐在檐下，她忽然走过来，抓住我的手，翻转过来，捋起袖子，看到那线疤痕，什么也没说，重重地摔下了。

第二天一早，她一个人去了村里的破庙。她去干吗，我不知。她与住持说了什么，我也不知。只知道，她回来以后，在我的床头贴了一张纸，黄色的，依稀有字，符号诡异。

又给了一张，让我随身带着，说："保平安的，放包里，别扔了！"言语寡淡，不激烈也不颓唐，几乎看不出内心的波动。

在生活重压下存活的人，没有夸张痛苦的习惯。有些发生，只能沉默地发生，沉默地消化，沉默地随之死亡。

2/

只是,从此以后,求神拜佛就成了她热爱的事情。境况越糟糕,她去得越勤。

她看着我受苦,使劲地伸手,想伸到我身边,帮我抵抗一些伤害,擦去一些侮辱……却发现,我已经长大了,大到她明知我不好,却根本触及不了,也保护不了。

她只有更殷勤地往寺院跑,往道观跑,往教堂跑……祈求每一个神明,祈求每一种广袤的力量,帮我转危为安。

新年的时候,她去九宫山,特地去大庙,在所有佛像面前下跪,祈求我平安。

次年我也去了,一个僧人见了我,说:"你母亲去年来过的,我有印象,她从最下面的台阶,一级一级跪着拜上来……阿弥陀佛!"

那时候,正值深冬,路上冷寂无人,山丘上薄雪覆顶,流岚静寂,钟声若有若无。

我站在禅院里,倚着赭红的柱子,怔怔地看着天。冷风刮过的时候,林涛起伏,如经卷翻阅,如滚涌不绝的疑问和愧疚。我的眼泪滚滚而流,我对自己说:"不要哭,不要哭,这不好……"但到底还是忍不住。

转头看她,她正在一尊佛像前,双手合十,念念有词,鬓上有微雪。母亲早已经不年轻,也不强大了。

岁月它刀刀催人老,暮年它声声唤人归。而她,在沉重的生活和儿女的劫难之间往返蹉跎,竟浑然不知,自己一夕之间成了老年人。

离开的时候，她对方丈说："要是我开始信佛，这样可不可以保佑我的伢崽？"

寺院要去，道观自然也要去。饥不择食，慌不择路，死马权当活马医。要是真有奇迹呢？因为近在眼前的困苦，我的母亲，开始手忙脚乱地求救赎。

3/

离家不远的湖边有一座观，她赶过去，叩拜，上香，抽签，许愿，念着的是和庙里一样的祷词："菩萨啊，保护我的伢崽们平平安安，顺顺利利，保佑全家人身体健康，开开心心……"

某一年，我在上班，她来找我，说："我礼拜天要去做礼拜，你跟我去好不好？"

那是县里的一个小教堂，我去了，坐在前排，肃穆的几排脸跟着台上人或念或唱，我觉得孤独极了，那些赞美诗与祈祷对我而言，是另一些存在，就像是迷了路，闯入一场严肃的典礼，你必须鼓掌，也必须起立，但你随时想撤出。

但母亲虔诚至极，她点着十字，念着阿门，仿佛听懂了神谕，看到了某种光。

以后，我当然不会再去了。母亲呢，有一遭没一遭的，像赶集一样，在佛、道、基督之间，来来回回。

有时，我问她："你知道你拜的是什么吗？"

她说："不知道。"

她乐意，我也不说什么，由着她。有时，当人们在地上无路可走时，很自然的反应是抬头看天，在意念中，向天空寻求出路。

母亲不懂这些。她只是说："我只是想让你过得好一点。"

可是她自己，从未与痛苦绝缘。她的生活内部，从未太平，一样狰狞恐怖，一样烽火连天，刀光剑影，未曾停歇。

2012年的某个深夜，她给我打电话，未曾说话，就已痛哭失声，她压抑不住自己的愤懑、羞耻与痛苦，她头一次在我面前呈现出悲意。

她再次被父亲家暴。在人头攒动的广场，她被揪着头发，倒拖出门，继而遭受拳打脚踢。她近乎疯狂，试图反击，但父亲已经离开。报警之后，已经走了。至今，他仍未道歉，也未有认错之意。

母亲坐在我的宿舍里，说起半生劳苦，一身伤病，肩膀抽动，泪水无法自制地流。

我看着她，沉默地看着她，递给她纸巾，却没有拥抱她一下。她终于觉得羞耻。她擦干眼泪，继续诉说，说到某处，悲从中来，再次失声。

我能怎么办呢？我试图与父亲交涉，但不成，他阻绝了这条路。我想通过家族长辈来向他施压，但没有人理睬。我想通过公权力来维护母亲的安全和尊严，但未果。

母亲很长一段时间都郁郁难安。听妹妹说，她老是掉眼泪，一个人坐在客厅发呆，嘴巴里嚅嚅吭吭说个不停，仔细一听，又不说了。

但她却不再去朝拜。她只是待在家，像往常一样，做事，吃饭，睡觉……仿佛正在艰难地，宽宥生活所有的不公。

4/

然而,外婆的电话却追来:"现在,我没有能力照顾她,能照顾好你母亲的,就是你了!"

我的外婆,我母亲的母亲,一个赣地深山里的旧式妇女,一个佝偻的老人,温慈、良善,也无力。她比我母亲更早接触庙宇。

她听说,初嫁不久,女儿即遭苦役与贫穷且终年不息时,她救助无力,就开始念佛。月初与月中,她带着衰老的身躯,已近70岁的年纪,爬半天山路去祈祷。所求所愿,与我母亲一模一样。

外婆有糖尿病,上香逐渐艰难。有几次走在山路上,恰逢正午,天空刚烈,阳光杀气腾腾,山冈棱角历历,耀眼而坚硬。她眼前一黑,在路边倒了下来。晕眩中,天与地的边缘变幻融合,云朵幻出形状,忽如兽,再如人,又如神,她想:"菩萨啊,把我收去没事的,求你保佑一下我的女……"

这人世,有人在受苦,有人在啼哭。只是,我们从没想到,在我们沸沸扬扬的泪水背后,一直有一个人,因你的哭声而哭,因你的疼痛而痛。当你奔赴自己的路途,转过身去,渐行渐远,她除了一生牵挂,还会通过另一种方式继续跟随。她念着"阿门",也念着"阿弥陀佛",双目紧闭,祈求你前路太平,一生长安,免于战争,免于火焰,免于孤寂,祈求一路风雪,都消逝于抵达前夕……

她们不管这是否合乎戒律,在她们心里,爱就是第一律,也是第一义。也不管这是否有效,她们不得不这样做,是的,不得不。

5/

后来的后来,过了很多年,又是春节,放过开年炮,我等着母亲照旧的朝拜。

她说:"你跟我一起去吧!"

那时,雪飘下来了,大片大片,像碎云,像天堂的梨花。远处屋麓渐隐,如入层层帘幕。

我们一起前行,穿过满城风雪,去一个近在咫尺,但我从未涉足的地方。在那个小小的观里,来自远地的信徒与附近的人,带着旧心愿,站在新年里,拥着挤着,要抢头炷香。

白发苍苍的母亲们跪在神前,虔诚叩首,所求所愿,与我母亲大致相同:保佑我的孩子……

这一生,她们站在远行的孩子身后,从来不曾离开。在孩子看得见的时刻,看不见的瞬间,都在沉默地给予,有能力时,给予爱;年老之后,孱弱之时,给予祈愿。她们以另一种方式,继续护着成年的,甚至已经苍老的孩子,在人间慢慢赶路。

——保佑他身体健康。

——保佑她万事如意。

回来时,我揽住她的手臂,沉默地穿过小城,穿过风雪,回归我们庸常又贫瘠的岁月。

但那一刻里,我终于明白,众生虽苦,但并不孤独。因为你身后,一直有人在,从前是,现在也是。

 慢煮生活，岁月深深

1/

伊甸园里，亚当、夏娃咬了一口苹果，清甜微冷，唇齿留香。食欲满足之后，情欲勃发，于是，有了人类。

在这种开端里，食与性相生相起，如同孪生。

人说，饱暖思淫欲。但其实，欲也会转化为饱暖，欲求不满，必会伴随无意识的饥饿。

我看过很多进食障碍者的访谈，发现大多数患者的病症，都因缺爱而致。失恋、离婚、单身太久、孤独过度、空虚寂寞冷……都会导致食欲紊乱。

有一个人说："太空了，什么都想吞进去，别的放不了，只有放食物……"这一点，在无数文艺作品中，都以艺术手法再现。

比如，《百年孤独》中，丽贝卡是个孤儿，无人给予爱。一旦在世事中遇不顺，在爱情中受煎熬，便会以吸手指、吃土，甚至以吃蚯蚓来克制爱无能的痛苦。《铁皮鼓》中，缺爱的母亲开始了一段畸恋，畸恋带来内心的失序。后来，母亲开始饕餮般地食生鳗鱼，直至死亡。《紫禁城魔咒》中的皇后孤独无比，她开始偷吃宫中的木头。《永别了，武器》中，女友凯瑟琳生命垂危之际，亨利不断去餐馆进食……

再比如，戴安娜王妃在不被爱的婚姻中，患上进食障碍，食量大得惊人。暴饮暴食之后，又通过抠喉催吐，将食物从胃里清空。

查尔斯难以忍受，他说："我整个蜜月都在呕吐的气味中度过。"

你看，疯狂的紊乱的食欲背后，都藏着一个可怜人。而他们之所以可怜，在于失控的食欲里，那些无法缓释的恐惧，不被安慰的孤独，永无餍足的虚空。

2/

幸福的人们，却极少被这种"可怜"光顾。因为，已经满足，就不会曲线地通过食欲来填补。

所以，一个朋友说："食，是爱的替代品，也是性的延续。"

有一次，和闺密聊天，聊的是一个毛茸茸、湿漉漉的话题：男人最性感的时候是什么时候？

什么时候呢？你们一定以为，是他脱下T恤，胸肌鼓动，把你扑倒时，或者，是他把你抱起来，像空中飞人一样甩来甩去。

不不不！女人认为的性感，与健硕无关，与深情有关。

一个闺密说，最性感的时候，莫过于他在她遇到飞车党抢包时，大手一挥，攥住带子，将飞车党扯翻在地，在还未审视流氓的惨状时，马上紧张地回头问她："你怎么样？有没有伤到哪里？"

另一个说："最性感的时候，莫过于一个寻常的早晨，他穿着短裤，在阳光荡漾的厨房里，叮叮当当地，为我做一顿早餐。"

3/

食欲是更绵长，更深情，更具烟火味的情欲。

当他从床上走下来，走进厨房，烹制精美的食物，延续昨夜的美好，这就意味着，你之于他，不只是床上很重要，床下也很重要。

除了共享巫山云雨，他还愿意和你共享烟火人间。换句话说，他做的不是饭，而是爱啊。

说完以后，得到全票认同："他要真这么做，我肯定会扑上去，在厨房里再来一次……"

《史密斯夫妇》里，一夜激情后，皮特端来早餐，递给云鬓飞乱、睡眼迷离的朱莉，两人相视而笑，情意款款，美好一如节日。每每看到此景，就为天下女人抱憾：多少人，一直在渴望此景，却从未得到！

更多人在抱怨，他越来越忙，一个月都难得回家吃一顿饭。

真的忙吗？不，他只是不想和老婆忙。他有了另外的人、另外的世界、另外的飞升与降落，他已心归他处，已非当年人。

而爱，如果归于日常，不是你侬我侬，不是别的什么的，爱是在一起，吃很多很多的饭，不厌其烦，一如最初。

4/

朋友告诉我们，很久以前，她喜欢一个人，是那种默默地流了两年泪，看了两年背影的喜欢。

终于，有一天，他注意到了她，和她约会。

在他公寓。一个简洁阔大的房子，屋外是湖水，屋里是她和他。自然的,他们做了期待已久的事。

那个夜晚,时间如此湍急,转转折折,棋开棋合。

她在心里想:今生今世,就这个人了!

不承想,清早起来,他穿好衣衫,说:"你自己去上班吧,我就不送你了。"

一切戛然而止。一夜微笑的、粉的、隐秘的、盈盈的梦,忽然灰飞烟灭了。

她不年轻了,早已洞悉世间情事:一个在床下不和你来往的人,哪怕上了几百次床,你们也只是资深炮友,和爱没有关系的。

果然,她和他在一起半年,对方连她是哪里人都不知晓。

饮食男女,既要男女,也要饮食,方成伴侣。若不然,床事再热烈,也不过是过路人。

后来,她遇见一个愿意系上围裙,给她做饭的男人。

情人节前夕,男人买了全套厨具和新鲜果蔬,为她烹饪美食。她坐在饭厅里,在暖黄的灯光下,看着他络绎不绝地端出鱼、肉、青菜……那种亲切的、无声的、亚光的温柔,让她瞬间感动。

她想到了家,想到了余年和末日,想到一个有着他的眉眼、他的性情的孩子,跑过来,叫她"妈妈",喊他"爸爸"。

后来,她成了他的妻。

当爱从闺房之乐,转到厨房之欢,才算落了地。因为,柴米油盐、鸡鸭鱼肉、果蔬菜食才是更真实、更久长、更扎实的生活。

孔老夫子这样吟着:食、色,性也。

全世界文艺女青年这样说着:唯美食与爱不可辜负。

万能青年旅店这样唱着:是谁来自山川湖海,却囿于昼夜、厨房与爱。

5/

买婚房的时候,她问我们:"你们觉得应该要注意什么吗?"

我们说,要有大阳台,要有大书房,要有大卧室,有人还没节操地说,要有大床,能让你们翻一辈子也翻不出去的那种……

她没听,她要大厨房。她知道,性总有一天退去激情,唯有食才能源源不断地,生发出爱的力量,然后,从容接力,引领我们继续走完一生。

婚姻就是一个火锅,我们都是下锅菜。煮着煮着就化了,融在一起,变成浓郁的汤底,无你无我,而后在时间的文火上,涮着三生姻缘、四时风光、五谷杂粮、七情六欲……之后,时光老,白发生,揭锅一看,已煮成你我的人间岁月。

这就是凡俗人生。在这场人生里,我们端着青瓷碗,捏着红木筷,举着一箸菜,用"多吃点"代替"我爱你",度过一天又一天。而你抬头,从黑陶的瓦罐里舀起一勺汤,递过来,说"你尝尝,很好喝"的时候,如水流年里,一种沉默的温暖和寻常的诗意被你捞起,流进我的喉咙,吞咽进爱的五脏六腑。